KB114739

HERO2300

FUSION FANTASTIC STORY

영웅2300

말리브 장편 소설

영웅2300 1

말리브 장편 소설

초판 1쇄 찍은 날 § 2014년 7월 8일
초판 1쇄 펴낸 날 § 2014년 7월 15일

지은이 § 말리브
펴낸이 § 서경석

편집부장 § 권태완
편집책임 § 박은정

펴낸곳 § 도서출판 청어람
등록번호 § 제387-1999-000006호
등록일자 § 1999. 5. 31
어람번호 § 제1-1890호

주소 § 경기도 부천시 원미구 부일로 483번길 40 서경B/D 3F (우) 420-822
전화 § 032-656-4452 팩스 § 032-656-4453
http://www.chungeoram.com
E-mail § chungeorambook@daum.net

ISBN 979-11-316-9112-0 04810
ISBN 979-11-316-9111-3 (세트)

HERO2300

FUSION FANTASTIC STORY

말리브 장편 소설

영웅2300

①

도서출판
청
어
람

CONTENTS

프롤로그   7

제1장 시작   17

제2장 던전   51

제3장 비전서   83

제4장 아바타   141

제5장 첫 번째 탐사   165

제6장 에너지스톤   195

제7장 현지인과의 조우   239

제8장 연금술사   295

프롤로그

HERO
2300

푸른 하늘이 따갑게 눈에 들어왔다.

이런 평화로운 오후는 정말 오랜만이다.

행복하다고 말해야 할까, 아니면 나른하다고 말해야 할까?

오열은 따사로운 햇빛이 드는 창가에 도마뱀이 벽에 매달려 기어가듯 매달렸다.

이런 평화로움은 피의 대가로 얻은 것이다. 능력자들이 목숨을 던져 만든, 인류를 위협하는 거대 몬스터에게서 지킨 대가로 말이다.

방금 내린 아메리카노의 달콤한 향이 마음을 부드럽게 만든다.

그도 한때 이런 일상을 따분해할 때가 있었다. 하지만 그것은 정말 배부른 자의 투정에 지나지 않는다.

졸음이 몰려와 하품이 저절로 나온다.

커피숍에 한가로이 앉아 스피커에서 들려오는 잔잔한 음악을 듣는다.

그래, 이거야.

오열은 음악에 심취해서 고개를 끄덕였다.

그때였다.

갑자기 은회색 홀로그램이 허공으로 튀어나와 눈앞에 펼쳐졌다.

그 모습을 보며 오열은 반사적으로 욕을 했다.

"미친, 망할 것 같으니라고."

한가한 시간이, 홀로그램이 펼쳐진 순간에 평화로운 오후가 사라졌다.

홀로그램에 나타난 중년의 남자가 그의 예상대로 급박한 목소리로 이야기를 시작한다.

[이오열 요원. 출동이다.]

"이번에는 어디인데요?"

오열은 짜증난 어투로 느릿하게 말했다.

그의 짜증이 홀로그램을 통해서도 전해졌는지 국가안전위

원회의 부위원장이자 '용의 기사단'의 단장인 장일성 소장이 어색한 표정으로 말한다.

[미안하네. 자네의 쉬는 시간을 방해해서 말일세. 그러나 이번에 나타난 몬스터의 이름은 '바하벨'로 지하세계에 사는 거대 악룡이네. 왕의 계곡 깊숙한 곳에 숨어 있던 놈이 드디어 각성하여, 지상으로 올라왔네. 지금은 특수군부대가 막고 있지만 역부족일세! 얼마 지나지 않으면 뚫릴 것이고 그러면 선량한 시민들의 목숨이 경각에 달릴 것이네. 굉장히 위급한 상황이네.]

"젠장, 알았다고요. 가면 되죠?"

[고맙네. 서둘러주게.]

오열은 장일성 소장에게 한 것과는 반대로 굼벵이가 기어가듯 아주 천천히 일어났다.

'몬스터와 놀기에는 지나치게 좋은 날이야.'

오열은 푸른 하늘을 보며 나직하게 한숨을 내쉬었다. 하지만 어쩔 도리가 없다. 빚을 졌으면 갚아야 한다.

오열은 시계를 보았다.

1시간 30분.

이제 겨우 점심시간이 조금 지났을 뿐이다.

오열은 커피숍을 나가 사람들이 없는 한적한 장소로 이동하여 하늘을 바라보며 팔을 펼쳤다.

그러자 은회색 갑옷이 펼쳐져 그의 몸을 감싼다. 등 뒤로 하얀 날개가 돋아나 몸이 두둥실 떠올랐다.

"메탈부스트, 파워 온!"

이환이 소리쳤다.

그의 명령에 갑옷 등 뒤에 있는 부스터가 열렸다.

'위잉' 하는 소리와 함께 푸른 불꽃이 튀어나왔다.

그러자 그의 몸이 하늘로 섬광처럼 솟아올라 빛의 속도로 날아가기 시작했다.

수많은 도시의 건물들이 점처럼 변해 사라지기를 반복했다.

사건 현장에는 거대한 악룡 바하벨이 수백 명의 메탈사이퍼에 둘러싸여 전진하지 못하고 있었다.

하지만 그 거대한 몸체가 한번 움직일 때마다 능력자로 각성한 메탈사이퍼들이 튕겨져 나갔다.

언제부터인가 지구에 몬스터가 나타나기 시작하더니 이제는 한두 사람으로는 감당할 수 없는 거대 몬스터가 불규칙적으로 나타나 인류의 삶을 위협하고 있었다.

바하벨은 500명의 메탈사이퍼로도 막지 못하는 거대 몬스터다.

이미 '용의 기사들'의 대원들이 도착하여 메탈사이퍼들 사이에서 거대 몬스터 바하벨을 상대하고 있었다.

바하벨의 크기는 무려 50m가 넘었다.

거대한 몸은 검고 붉었으며 강하고 두꺼운 비늘가죽이 표피에 덮혀 있었다.

몬스터에게 달라붙은 메탈사이퍼들은 개미처럼 작게 보였다.

하지만 그 개미처럼 작은 메탈 사이퍼들이 에너지소드를 휘두르면 2m에 달하는 메탈에너지가 담긴 에너지파가 나온다.

오열은 바하벨의 앞에서 힘겹게 몬스터를 막는 특수군부대를 바라보고는 입꼬리가 올라갔다.

'애쓰네!'

오열이 빙그레 웃었다.

몬스터를 상대하려면 저렇게 우격다짐으로 해서는 안 된다. 힘만 들고 결과는 별로 좋지 못하다.

"그럼 시작해 볼까?"

그는 검을 들고 메탈에너지를 끌어 올렸다.

그의 검에서 검붉은 불꽃이 나타나기 시작하더니 그 길이가 무려 10미터에 이르렀다.

바하벨은 오열이 일으키는 강력한 메탈에너지에 위기를 느꼈는지 거대한 몸체를 돌렸지만 이미 오열은 바하벨의 옆으로 가서 검을 휘두르기 시작했다.

에너지소드를 휘두르자 검기가 채찍처럼 날아가 바하벨의 다리에 부딪혔다.

펑!

오열의 10m에 이른 에너지파가 굉장한 굉음을 내며 바하벨의 몸에 부딪혔다.

크아앙!

오열이 휘두른 에너지파를 맞은 바하벨은 고통에 비명을 지른다.

이제까지 무적에 가까웠던 바하벨이 휘청거렸다. 이전과는 다른 충격과 고통이 몰려온 것이다.

퇴화된 악룡 바하벨은 날개가 없다. 그래서 오열은 몬스터의 다리를 자르려고 것이다.

오열은 다리 사이의 연약한 관절을 노리고 에너지파를 휘둘렀다.

몬스터의 기동성을 없애 버리면 그때부터 안정적인 사냥을 할 수 있게 된다. 하지만 이 관절을 자르는 것은 꽤나 힘든 일이다.

세 번의 에너지파에 바하벨의 다리 하나가 잘려져 나갔다.

괴물보다 더 강한 능력을 가진 메탈사이퍼의 등장.

위기를 느낀 바하벨이 거대한 몸을 치켜세우며 오열을 노리고 꼬리를 휘둘러왔다.

오열은 날아오는 꼬리를 보며 미소를 짓고 슬쩍 피했다.

그 바람에 바하벨의 공격에 몇 명의 특수부대원이 맞아 비명을 지르며 날아갔다.

오열은 그들을 쳐다보지도 않고 다시 악룡 바하벨에게 달려들어 차분하게 다리를 자르기 시작했다.

경험과 능력의 차이가 압도적이었다.

6개의 다리 중 3개를 잃어버린 악룡 바하벨은 기동력을 잃어버리자 천천히 쓰러지기 시작되었다.

그때부터 500명이 넘는 초능력자가 벌 떼처럼 달려들어 바하벨을 요리하기 시작했다.

3시간 만에 몬스터 사냥이 마침내 끝났다.

거대한 악룡의 사체가 바닥으로 가라앉자 오열은 그 위로 뛰어올라 외쳤다.

"도축!"

하늘 위에서 두 개의 도축용 단검이 나타나 몬스터의 사체를 해체하기 시작했다.

"휴우, 이번에는 성공해야 하는데. 망할 놈의 연금술!"

500명의 특수군은 이런 오열의 행동을 그저 바라볼 뿐이었다.

따사로운 햇살 아래 미친놈 하나가 광기에 사로잡혀 몬스터를 도축하고 있었다.

1장

시작

오열은 기대와 불안을 가지고 자신의 차례를 기다렸다.

2155년부터 정부는 새로워진 시스템에 의해 국민들을 관리하기 시작했다.

만 18세가 되면 국민 중에 초능력자가 될 수 있는지를 테스트하여 원하는 자에 한해 무료로 각성자가 되게 도와준다.

오열은 잠재 능력 테스트에서 레벨 9를 받았다.

레벨 9는 매우 높은 등급이었다.

1등급이 가장 낮고 10등급이 가장 높으니 9등급은 최고등급에 속했다.

그래서 오열은 기대를 무척이나 했다. 가난한 현실을 벗어날 수 있기 때문이다.

"이오열 씨, 들어오세요."

"네."

오열은 검은색 정장을 입은 PMC(Psychic Meter Center)의 직원이 부르자 의자에서 일어나 방으로 들어갔다.

방은 각종 기계로 가득 찼다. 마치 병원의 검사 기계와 과학자들의 실험실을 합쳐놓은 듯한 분위기였다.

남자가 오열을 보며 말했다.

"이제부터 각성을 돕겠습니다. 각성은 기계에 의해, 초능력자가 될 자질을 가진 분의 가장 중요한 성향과 기질에 의해 자동적으로 각성됩니다. 잠재력이 높다고 좋은 직업으로 각성되는 것이 아닙니다. 아시죠?"

"네."

오열은 긴장한 채로 대답했다.

그의 목소리는 떨렸고 얼굴은 굳어 있었다.

각성하는 데에는 50분이 정도 걸린다. 그 짧은 시간에 초능력자로서의 인생이 결정되는 것이다.

오열은 기계 안에 눕자 뚜껑이 닫혔다.

녹색의 불빛이 펼쳐지고 하얀 가스가 조금 뿜어져 나왔다.

오열은 갑자기 잠이 몰려왔다.

삐삐—

기계 안에는 녹색의 불빛이 끊임없이 흐르고 있었다.

어느 순간 환한 불빛이 오열의 머리를 관통하였다. 그리고 몸 전체가 무지개 색으로 감싸였다.

"흐음, 이번 각성자는 이상하군. 두 개의 속성을 가졌나 본데."

센터의 연구진이 모니터를 보더니 안타까운 표정을 지었다.

"애석하군! 애석해!"

"뭐가 어때서?"

옆에 있던 직원이 다가와 모니터를 바라보았다.

"이 녀석, 지랄하겠는데. 후후……."

"그렇겠지?"

"그래, 능력 수치는 최고였는데 하필이면 이렇게 각성되다니, 안타깝군."

직원은 마치 자신의 일처럼 안타까워했다.

근 10년 가까이 이 PMC에 근무를 했지만 이런 경우는 많지 않았다.

최고의 자질을 가진 자가 최악의 결과로 각성했기 때문이다.

*   *   *

　따뜻한 햇살이 눈부시게 아름다운 날, 오열은 대학 캠퍼스
의 벤치에 누워 벌레처럼 꾸물거리다가 갑자기 오뚝이처럼
벌떡 일어났다.

　그는 핏발이 선 휑한 눈으로 앞을 바라보더니 중얼거렸다.

　"젠장, 망했어! 되는 일이 하나도 없어!"

　오열은 충혈 된 눈으로 자신의 잘난 손을 내려다보았다.

　초능력자가 되면 뭐하는가. 여전히 자신은 잉여인간으로
남아 있는데.

　남들 다 하는 몬스터 사냥은 여전히 꿈으로 남았다.

　이제 그는 연금술사로 각성하여서 말짱 꽝, 꽝이 된 것이
다.

　신비의 직업 연금술사로 각성하는 초능력자는 굉장히 희
귀했다.

　희귀하기는 하지만 그렇다고 절대 좋은 직업이 아니다.

　문제는 너무 어렵고 힘들다는 것이다. 게다가 돈도 많이 드
는 직업이다.

　현대에 초능력자로 각성한 메탈사이퍼는 몬스터 사냥을
통해 부(富)를 축적할 수 있게 되었다.

　하지만 오열처럼 생산직 유저로 각성하는 경우는 그냥 망

했다고 보는 것이 낫다.

그러니 초능력자로 각성하여 메탈사이퍼가 되었지만 이전과 달라진 것이 없었다.

일반인보다 조금 힘이 세졌을 뿐이다.

초능력자로 각성한 덕분에 정부에서 지원해 준 아파트가 있지만, 그것은 남아도는 집을 정부가 경기부양 차원에서 매입하여 이런저런 이유를 들어 국민들에게 제공해 주는 복지 혜택 가운데 하나일 뿐이었다.

오늘도 오열은 얼마 남지 않은 돈을 아껴 간신히 허기를 때우고 벤치 위에 앉아 있었다.

저만치 멀리서 미니스커트를 입은 예쁜 여학생이 지나가자 오열의 눈이 저절로 그녀를 따라갔다.

'예쁘네.'

저절로 사타구니에 힘이 들어간다.

요즘 욕구불만 상태다. 그런데 설상가상으로 그는 얼마 전 좋아하는 여자에게 차이기까지 했다.

오열은 자신의 짧은 다리를 바라보았다.

돈 없으면 연애도 못하나?

키가 작으면 좋아도 못하나?

못한다.

이것이 현실이다.

그가 여자에게 좋아한다고 용기를 내어서 고백했을 때 그녀의 얼굴은 마치 못 볼 것을 본 것처럼 순식간에 변했다.

상냥했던 얼굴이 싸늘하게 변했다. 그리고 마치 '네 주제에 나를 좋아해?' 하는 경멸의 눈빛으로 오열을 바라보았었다.

그 건방진 년을 생각하자 잔잔한 마음에 살의가 불쑥 일어난다.

경멸감을 느꼈다.

호의를 비웃는 그런 여자를 망가뜨리고 싶다는 욕망도 생겼다.

하지만 현실에서 그럴 수 없었다.

세상사가 그렇다.

밖에서 보면 무척 좋은 것 같지만 안으로 들어와 보면 나름의 사정이 있게 마련이다.

초능력자의 세계가 그러했다.

연금술사.

초능력자 가운데 최악의 망캐다.

연금술사는 생산직 능력자로 전투력이 현저하게 떨어진다.

오열은 자신이 전투직만큼 화력이 나오는 것은 아니지만 그래도 한 사람 몫을 할 수는 있다고 생각했다. 하지만 그를 받아주는 파티가 한 곳도 없었다.

오열은 차라리 이게 꿈이었다면 얼마나 좋았을까 하고 생각했다.

하지만 한 번 초능력자로 각성을 하면 절대 다른 직업으로 전직할 수가 없다.

메탈사이퍼의 유래는 우연히 날아온 유성으로 인하여 시작되었다.

유성이 날아온 그날, 지구는 변하기 시작했다.

서기 2030년에 은하계를 떠돌던 수많은 작은 유성이 지구로 떨어졌다.

수만 개의 유성은 대부분 대기권과 충돌하면서 불타 사라졌다.

하지만 대기권을 뚫고 지구에 떨어진 유성은 수백 개가 넘었다.

그것들은 산과 바다, 그리고 도시에 떨어졌다.

뉴욕에 떨어진 유성 하나만으로 수만 명이 단숨에 죽어갔다.

일본의 도쿄, 중국의 북경, 그리고 서울에도 유성이 떨어졌다.

다행히도 서울에 떨어진 유성은 인적이 드문 도봉산이어서 인명 피해는 거의 없었다.

그러나 도봉산의 절반이 날아갔다.

20㎞ 크기의 크레이터는 잔혹했다. 크레이터 주변에는 거친 분화구가 생겼고, 거기에서 끊임없이 알 수 없는 성분의 가스가 분출되기 시작했다.

그리고 이 크레이터는 마치 살아 있는 듯 꿈틀거리며 영역을 확장했다.

다행스러운 것은 분화구의 침식작용은 오로지 수직으로만 진행되었다는 점이다.

시간이 지나면서 분화구에서 나오던 가스가 멈추었다.

그리고 다시 100년이 흘렀다.

사람들은 이 크레이터에 대해 잊어가기 시작했다.

이 무시무시한 분화구에서 무슨 일이 발생할지에 대해 생각조차 하지 못했다.

일부 과학자나 탐험가들이 탐사를 시작하다가 분화구 안에서 흔적 없이 사라지면서 조사는 포기되었다.

그리고 마침내 지구에 처음 보는 괴생명체인 몬스터가 출몰하기 시작했다.

이렇게 나타난 몬스터는 사람들을 경악시켰지만 다행스럽게도 지구의 무기로 쉽게 처치할 수 있었다.

몬스터는 총과 열화 무기에 의해 쉽게 죽었던 것이다.

몇십 년이 아무 일도 없이 흘러갔다. 그리고 두 번째로 몬스터가 나타났다.

사람들은 이번에도 몬스터를 쉽게 퇴치할 수 있을 것이라고 믿었다.

하지만 이번에 나타난 몬스터는 지구의 무기로는 제대로 상대할 수 없는 두꺼운 가죽으로 무장하고 있었다.

그러던 중에 카오스 에너지에 노출된 인간들 중에서 몬스터를 쉽게 상대할 수 있는 초능력자들이 나타나기 시작했다.

사람들은 그들을 메탈사이퍼라고 불렀다.

메탈사이퍼로 각성한 사람들은 몬스터를 사냥한다.

왜냐하면 몬스터를 처지하고서 나온 부산물이 꽤나 돈이 되기 때문이다.

2300년.

지구의 인구는 급속도로 줄었다.

그럼에도 불구하고 여전히 인간은 먹고살아야 했다.

하류 인생들은 유전자조작으로 만들어진 튜브 음식을 정부로부터 배급받아서 살아간다.

건강에 그다지 좋지는 않지만 일거리가 없으면 어쩔 수가 없다.

일단 살아야 하니까!

오열은 튜브를 생각을 하자 저절로 몸이 부르르 떨려왔다.

튜브 음식은 맛이 없다.

오로지 영양 하나만을 생각한 인공음식.

먹고 또 먹어도 배가 고프다.

그렇다고 많이 먹어도 포만감을 느낄 수 없어 결국에는 정량만 먹게 되는 공포의 튜브.

그냥 치약과 비슷한 음식이다.

오열은 아무리 힘든 일을 해서라도 절대 튜브 음식은 먹고 싶지 않았다.

그 정도로 튜브 음식은 끔찍했다.

대부분의 사람은 18살이 되기까지 많은 꿈을 꾼다.

'나는 능력자로 각성할 수 있을까? 능력자로 각성하면 어떤 직업일까?' 하는 막연한 동경과 희망을 가진다.

그리고 대부분의 사람은 실망을 하며 돌아간다.

하지만 오열은 능력자가 될 수 있는 사이킥에너지 테스트에서 상당히 높은 수치를 얻었다.

그래서 힐러가 되지 않으면 적어도 전투 직종이 될 것으로 생각했다.

극강의 데미지—딜러 말이다.

오열은 학교에서 돌아와 나직하게 한숨을 쉬며 거울 앞에 섰다.

거울에는 깡마르고 앙상한 작은 몸이 나타났다.

거울 속에는 참으로 저렴하게 생긴 작은 남자가 자신을 보고 비웃었다.

'젠장.'

오열은 거울을 보다 한숨을 내쉬고는 음식을 해서 먹었다.

뱃속을 가득 채우는 포만감으로 잠시나마 행복을 느꼈다.

단지 먹을 수 있다는 행복감.

현대에는 쌀과 고기, 채소의 가격이 무척이나 비쌌다.

이 소중한 음식을 먹을 수 있게 된 것이 얼마나 좋은지 모른다.

하루 종일 인터넷을 끼고 살아도 몬스터 사냥을 하는 일자리는 나오지 않았다.

오열은 몬스터 사냥을 가고 싶었다. 정말 미치도록 가고 싶었다.

'젠장, 장비라도 좋으면 솔플이라도 해볼 텐데.'

물론 생각만이다.

어떤 미친놈이 돈이 궁하다고 몬스터 사냥에 솔플을 한단 말인가.

나가는 즉시 사망이다.

하지만 오열은 그만큼 궁했다.

능력자로 각성을 하고서도 아르바이트라니.

나오는 것이 한숨이다.

이럴 바에는 차라리 기본 수당만 받고라도 몬스터 사냥을 하고 싶었다.

* * *

'일단은 시작을 해야 해.'

돈이 문제가 아니다.

무슨 일이든 시작을 해야 한다. 그래야 일이 풀린다.

그래서 오열은 메탈사이퍼를 위한 고용센터에 서류를 인터넷으로 접수했다.

비고 상항으로 페이를 주는 대로 받겠다는 말을 첨가했다.

안 하는 것보다 훨씬 나으니까.

그래서 가감없이 그냥 있는 그대로 적었다.

현실에서 무술을 조금 배운 바가 있고 각성을 연금술사로 했다.

전투 직종에 비해 타격치가 약 60% 정도로 나오는데 기쁜 마음으로 사냥에 참여하겠다는 내용을.

전투직의 타격치 60%는 PMC(사이퍼메탈센터)에서 측정한 것이다.

연금술사치고는 굉장히 높은 타격치다. 아마도 그의 레벨 9등급의 영향 덕일 것이다.

일단 일을 시작해야 한다.

언제까지 아르바이트를 하는 것으로만 먹고살 수는 없기 때문이다.

띠링―

마침내 고용센터에 올린 지 이틀 만에 기다리고 기다리던 연락이 왔다.

[님, 소규모 파티인데 참가하시겠어요? 탱커와 힐러 모두 있습니다. 다만 사냥의 속도를 올리기 위해 한 사람을 더 참가시키고 싶은데 그렇게 되면 분배가 작아져서요. 마침, 님이 적은 분배치를 받겠다고 하셔서 연락을 드립니다. 생각이 있으면 연락주세요.]

오열은 신이 났다.

일을 할 수 있다는 것이 얼마나 감사한 일인가.

그는 바로 연락을 해서 만나기로 했다.

파티의 리더인 문창식과 만나고 계약서를 작성했다.

서글서글하게 생긴 그는 웃으며 페이는 너무 걱정하지는 말라고 했다.

오열은 그의 말을 듣고 고마운 마음이 들었다.

오열은 자신의 방에서 정부가 능력자로 각성했을 때 지급해 줬던 메탈아머와 에너지소드를 살펴보았다.

메탈에너지가 손을 통해 커다란 브로드소드로 빠져나가자 푸른 에너지 막이 생겼다.

'뽀대는 죽이는데!'

파도처럼 넘실거리는 푸른 에너지 막의 위력은 공포 그 자체다.

능력자의 메탈에너지가 둘러진 검을 휘두르면 쇠도, 바위도 모두 두부처럼 잘린다.

메탈아머와 에너지소드는 몬스터의 몸에서 나온 마정석을 가공하여 만든 무기인데 엄청난 성능을 가졌다.

이렇기 때문에 현대의 무기로 잡을 수 없는 몬스디의 생체에너지에 타격을 줄 수가 있다.

하지만 이 검을 일반인에게 함부로 휘둘렀다가는 평생을 감옥에서 보내야 한다.

정부의 초능력자에 대한 관리는 굉장히 엄해 능력자가 사회적 문제를 일으키면 그냥 그것으로 인생 종친다고 봐야 한다.

대신에 초능력자에게 주는 해택이 아주 많다.

국가는 각성자에게 집과 기본 장비를 무상으로 제공해 준다.

오열이 들고 있는 MSKS101 시리즈는 국가가 메탈사이퍼에게 무상으로 제공하는 기본 장비다.

오열은 메탈아머와 브로드소드를 바라보며 빙긋 웃었다.

국가에서 기본적으로 제공하는 장비이지만 모두 몇 억씩

하는 가격이다.

오열은 상상을 했다.

몬스터를 사냥하고 부자가 되어 예쁜 여자와 결혼하는 꿈을.

그리고 아들딸을 낳고 오순도순 사는 모습을 그렸다.

어쩌면 그것이 현실이 될 수도 있다.

그가 문창식에게 무술을 배웠다는 말은 거짓은 아니지만 그렇다고 사실이라고 말하기도 곤란했다.

어린 시절에 지리산에 사는 친척에게 무술을 배우긴 배웠다.

그러나 대단치는 않았다. 현대사회에서는 무술이 그다지 필요하지 않았다.

그저 건강을 보조하는 의미 정도.

초능력자가 득실거리는 세상에서 무술을 배운 사람이 있을 자리는 없기 때문이다.

오열은 이틀 후에 약속 장소로 갔다.

도봉산에서 조금 떨어진 작은 야산이었다.

오열은 이런 곳이 있는 줄도 몰랐다.

던전은 대부분 거대 길드가 차지를 하고 있어 중소 길드나 일반 파티는 그들이 사냥하지 않는 곳을 찾아서 사냥해야 한다.

그렇다 보니 대부분 던전이 아닌 필드가 많았고 정부는 이런 작은 사냥팀을 적극 지원해 주고 있다.

던전에 있는 몬스터는 일반인에게 해를 끼치지 않지만 야외에 나타나는 몬스터는 직접적인 피해를 주기 때문이다.

하지만 던전에 있는 강력한 몬스터를 사냥해서 얻는 수익이 몇 배, 아니, 몇십 배 더 높다.

"어서 와요."

문창식이 오열을 환영했다. 오열도 그에게 악수를 하며 인사를 했다.

문창식은 천천히 오열을 파티원에게 소개했다.

"이분은 힐러 정미영 씨, 그리고 격수인 오동수 씨, 이사철 씨, 조철수 씨…… 그리고 여기는 새 파티원인 이오열 씨입니다."

정미영이 힐러이고, 격수 중에서 문창식은 탱커, 오동수는 나이트, 이사철과 조철수는 데미지 딜러였다.

5명으로 이루어진 소규모 파티였다.

"저는 이오열이라고 합니다. 직업은 연금술사입니다."

"연금술사요?"

"네……."

오열이 자신의 직업에 부끄러워 고개를 숙이자 문창식이 그를 대신해서 설명했다.

"이오열 씨는 연금술사이시긴 하지만 무술을 배우신 적이 있으시고, 일반 전투직 타격치의 80%가량의 화력이 나옵니다. 이오열 씨의 배당금은 그의 능력에 맞게 받기로 했습니다."

탱커인 문창식이 말을 하자 파티원은 고개를 끄덕였다.

전투직의 수가 한 명 더 있다는 것은 그만큼 안전한 파티 사냥을 할 수 있다는 것을 의미한다.

"자, 오늘은 이오열 씨를 위해 천천히 몬스터 사냥을 하겠습니다. 적응이 되면 그때부터 속도를 높이겠습니다. 그리고 호칭은 알아서들 하도록 합시다."

파티장인 문창식이 이야기를 하자 모두 고개를 끄덕였다.

사냥터로 자리를 옮기면서 파티원이 오열에게 말을 걸었다.

파티원은 성격이 무난한 사람들이었다.

오열은 속으로 안도의 한숨을 내쉬었다.

동시에 몬스터 사냥을 처음 하게 되니 긴장이 많이 되었다.

하지만 파티 사냥에 힐러도 있으니 위험한 일이 생길 경우는 매우 낮았다.

힐러인 정미영은 전형적인 로브를 입고 있었다.

후드를 쓰고 있어 얼굴을 제대로 볼 수 없었지만 큰 키에 날씬한 몸매를 가졌고 얼굴도 예뻐 보였다.

사냥터에 도착하자 사냥꾼인 조철수가 앞장서서 주변을 살폈다.

헌터가 있으면 좋지만 없으면 동작이 빠른 단검 캐릭터들이 정찰을 해도 상관은 없다.

"여기서부터 조심해야 해. 몬스터가 출몰하기 시작하거든."

이사철의 말이 끝나자마자 조철수가 손을 들었다.

그러자 잠시 후에 몬스터 한 마리가 어슬렁거리며 나타났다.

2미터에 이르는 초보형 몬스터였다.

이름은 브릭스호건이라고 곰과 비슷하게 생긴 몬스터였다. 공격력과 방어력 모두 강한 몬스터다.

"곰돌이네. 이놈이 왜 여기에 있지?"

"강한 놈인가요?"

"그럭저럭 센 놈이긴 해."

오열의 말에 이사철에 말했다.

브릭스호건은 초보형 몬스터이긴 해도 사납고 체력이 높아 쉽게 잡히지 않는다.

"대기!"

이사철이 몬스터를 끌고 왔다.

거대한 브릭스호건이 움직일 때마다 지축이 흔들렸다.

"뒤로!"

문창식이 말을 하자 파티원이 일제히 뒤로 물러났다.

브릭스호건을 파티원이 사냥하는 데는 문제가 없지만 한 마리라도 더 나타나면 곤란할 정도로 강한 놈이라 이렇게 유인해서 잡는 것이다.

몬스터들은 대체로 자신의 영역을 잘 떠나지 않는 습성이 있어 가능한 사냥법이었다.

사냥터 입구에서 문창식이 몬스터의 어그로를 끌었다.

탱커의 무기와 기술은 전문적으로 몬스터의 생체에너지를 파괴하는 데 특화되어 있다.

또한 그가 사용하는 스킬은 '방어력 무시'와 같은 어마어마한 공격 스킬을 가지고 있어 어지간한 몬스터의 어그로를 모두 받아낸다.

탱커의 '전사의 함성'과 같은 스킬은 직접 공격을 하지 않아도 몬스터의 공격본능을 자극하는 음파로 되어 있다.

말이 스킬(Skill)이지 각 직업에 맞는 특화된 초능력이다.

게임의 스킬처럼 외치기만 해서 발동하지 않고 꾸준한 훈련을 해야 능력이 향상된다.

하지만 능력자들은 이런 것을 편의상 스킬이라고 불렀다.

거대한 브릭스호건이 탱커인 문창식을 적으로 인식하고 공격하기 시작했다.

몬스터의 공격을 탱커가 방패로 빗겨 막으며 충격을 최소화하고 있지만 맞을 때마다 몸을 움찔거리며 뒤로 한 걸음씩 물러났다.

"자, 공격!"

어그로가 확실히 탱커인 문창식에게 쏠리자 파티원이 몬스터를 공격하기 시작했다.

번쩍이는 브로드소드와 단검이 몬스터의 두꺼운 방어벽을 파괴하면서 고통을 안겨주었다.

하지만 몬스터는 탱커만을 공격을 하였다.

간간히 공격하는 문창식의 검이 치명적이라 다른 격수들의 공격은 인식되지 않는 것이다.

텅!

몬스터의 주먹이 문창식의 허리를 가격하자 옆으로 날아가 떨어졌다.

"스톱!"

모든 파티원이 한순간에 공격을 멈추었다.

탱커가 공격을 멈추면 다른 파티원도 공격을 하면 안 되었다.

일반 전투직은 몬스터의 공격을 막아내기가 힘들다.

입에서 피를 흘리며 문창식이 일어나자 그의 몸에 번쩍하고 환한 빛에 휩싸였다.

그가 일어났을 때에는 몸에 났던 상처가 모두 치료되었다.

기본적으로 메탈아머는 몬스터의 공격을 한두 번은 막아낼 수 있게 설계되어 있다.

하지만 데미지가 누적되면 아머는 제 역할을 하지 못하게 되고 몸에 직접적인 충격을 받게 된다.

그러나 힐러의 힐은 파티원의 상처를 치료해 줄 뿐만 아니라 소모된 장비의 내구력을 다시 채워주는 역할을 한다.

그래서 힐러가 없는 파티는 전멸하기 쉽다.

다시 몬스터의 공격이 탱커에게 모아지자 파티원의 공격이 쏟아졌다.

오열은 이 모든 것이 생소했다.

몬스터를 공격하는 데 칼이 잘 안 박혔다.

다른 전투직 파티원의 공격에는 몬스터의 가죽이 잘리고 그 사이로 검은 연기로 보이는 암흑에너지가 빠져나가는 것이 눈에 보였다.

하지만 그가 내려치는 검에는 몬스터의 표피를 파고들지 못하고 가죽만 살짝살짝 흠집 내고 있었다.

오열은 공격을 하면서도 낯이 뜨거워졌다.

20분 만에 브릭스호건이 마침내 쓰러졌다.

탱커 문창식이 낮게 한숨을 내쉬었고 다른 딜러들도 쓰러지듯 주저앉아 쉬고 있었다.

"이봐, 오열 씨. 연금술사면 몬스터의 사체를 해체할 수 있지 않나요?"

이사철이 오열의 옆구리를 툭 치며 말했다.

그제야 오열은 일어나 단검을 뽑아 들었다.

작은 단검은 표면이 붉다.

날카롭게 생겼고 안쪽에는 톱니처럼 달려 있어 단단한 물건을 썰 수 있도록 되어 있었다.

도축용 단검이었다.

오열의 메탈에너지가 도축용 단검에 스며들자 붉은 단검의 표면이 더욱 붉게 변했다.

오열은 단검으로 몬스터의 사체에서 가죽을 벗겨냈다.

그러자 암흑에너지가 빠르게 허공으로 사라지기 시작했다.

오열은 손을 더 빠르게 놀렸다.

재빨리 가죽을 챙기고 뼈와 힘줄을 분리했다.

그러자 몬스터의 심장에 있던 마정석이 힘없이 스르르 빠져나와 바닥으로 굴러 떨어졌다.

하얀색의 수정이었다.

몬스터의 뼈에는 메탈에너지가 소량 들어 있다.

마정석만큼은 아니어도 모아놓으면 꽤 돈이 된다.

몬스터의 몸에서 나오는 부산물은 하나도 버릴 것이 없다.

연금술사보다 도축업자로 각성한 능력자가 더 많은 부산물을 얻을 수 있다.

그러나 도축업자나 연금술사가 없으면 몬스터의 사체를 도축할 수가 없다.

기껏 한다는 것이 심장에 박힌 마정석만 빼내는 정도다.

몬스터의 피도 있지만 암흑에너지가 더 많다.

특이하게도 심장에 있는 마정석이 가장 비싼데 일정 시간이 지나면 평범한 돌로 변해 버린다.

그래서 사냥을 하고 난 뒤에는 반드시 심장에 있는 마정석을 채취해야 한다.

도축업자와 연금술사에게는 몬스터를 해체할 수 있는 능력이 있다.

그래서 몬스터의 뼈와 힘줄, 소량의 피, 마정석과 가죽을 얻을 수 있다.

"오, 괜찮네."

파티원이 가죽과 뼈와 힘줄을 보며 좋아했다.

오열은 그들이 좋아하자 미안한 마음이 조금은 줄어들었다.

전투직의 평균 타격치의 80%가 나온다고 했던 말이 이번 사냥으로 거짓말이 되었다.

오열이 얼굴을 붉히고 있자 문창식이 말한다.

"데미지가 잘 안 들어갔지?"

"네, 그게 정말…… 미안합니다."

"하하, 원래 처음엔 그래. 그러니까 걱정하지 마. 다른 파티원도 네가 그렇다는 것을 이미 알고 있으니까."

"아!"

오열은 그제야 안도의 한숨을 내쉬었다. 그런 그의 모습을 보고 이사철이 거들었다.

"정부가 준 장비가 구려서 그래. 게다가 숙련도 작업도 안 되어 있잖아?"

"숙련도요?"

"하하, 넌 검을 들었다고 단번에 무림의 고수되는 것 봤어?"

"……없죠."

"마찬가지야. 몬스터 사냥을 오래 하다 보면 몬스터에게 어떻게 해야 타격치를 줄 수 있게 되는지 알게 되지. 그것이 설명으로는 곤란해. 사람마다 다르니까. 우리는 사냥꾼과 나이트라 연금술사인 너에게 가르쳐 줄 게 별로 없어. 그리고 같은 사냥꾼이라 해도 사람마다 달라서 가르쳐 줘도 소용이 없는 경우가 허다하거든."

"아!"

오열은 그제야 왜 초보자가 파티 사냥에 참여하기가 힘든지 알게 되었다.

즉, 처음에는 신입 파티원을 가르치면서 키워야 하는데 몬스터 사냥 파티에서 그렇게까지 기다려 주는 경우가 많지 않았던 것이다.

그래서 파티에 참여하기 위해서는 아는 지인이 빨대로 꽂아주기 전에는 사냥이 쉽지가 않다.

데미지도 잘 들어가지 않는 격수를 자신의 배당금을 포기하면서까지 누가 받아들이겠는가.

"사실, 우리는 네가 연금술사라고 해서 받아들였어."

"네?"

문창식의 말에 오열이 어리둥절한 표정을 지었다.

"연금술사는 망캐라는 것은 이미 다 알려진 사실이지만 그것은 연금술사로 각성한 사람에게만 해당되고, 파티원에게는 더 많은 부산물을 얻을 수 있거든. 특히나 우리와 같은 소규모 파티에는 도축업자나 연금술사가 있으면 아주 좋아."

"아······!"

오열은 문창식의 말을 듣고 고개를 끄덕였다.

문창식의 말에 오열이 처음 알았다는 표정을 보이자 파티원이 동시에 웃음을 터뜨렸다.

힐러인 정미영 씨마저 미소를 지었다. 그 모습을 슬쩍 보게 된 오열은, 가슴이 두근거렸다.

"자, 이제 앞으로 가자고."

부산물을 챙기고 파티원은 앞으로 나아갔다. 오열은 모든 것이 생소하고 신기했다.

다음 사냥을 하게 된 몬스터는 늑대과에 속하는 요랑이었다.

2-3마리씩 뭉쳐서 돌아다니는데 크기가 거의 송아지만 했다.

날쌔고 빠른 몬스터지만 사냥하는 데 어려움은 없었다.

두 번째 사냥이라 그런지 오열의 공격은 아까보다는 데미지가 조금 더 들어갔다.

탱커 문창식은 굉장히 노련하게 몬스터의 어그로를 끌었다.

메탈사이킥 에너지가 상당히 높은 능력자임에 틀림없었다.

오열은 파티원이 요랑을 잡고 나자 가죽을 적출하고는 뼈와 부산물들을 습득했다.

첫 사냥이라 뭐가 뭔지 몰라 얼떨떨했지만 사냥을 하게 되어서 기분이 매우 좋았다.

비로소 능력자가 되었다는 느낌을 가질 수 있었다.

점심은 안전한 장소에서 모여 같이 먹었다.

소규모 파티인데도 나온 음식은 거의 특급 호텔 수준의 도시락이었다.

오열은 도시락을 보고 '어어' 하다가 사람들의 놀림을 받았다.

사실 몬스터 사냥꾼이 아니고서는 이렇게 좋은 식사를 하기는 거의 불가능에 가까웠다. 물론 원래부터 부자라면 예외겠지만.

파티는 일주일에 3번 정규적으로 이루어진다.

이곳에 몬스터가 출몰하는 것을 감안하여 이루어진 사냥 패턴이었다.

이런 도심지 근처에서 한 구역을 확보하여 사냥하기란 결코 쉽지 않다.

오열은 그 사실을 사냥에 참가한 한참 후에야 생각해 냈다.

이 파티는 뭔가 있어 보였다.

적어도 거대 길드와 연관이 있거나 아니면 사회적인 지명도나, 그것이 뭐든 하여튼 자신이 알지 못하는 뭔가가 있다는 것을 유추할 수 있었다.

고정적인 파티 사냥이 진행되는 곳은 거의 대부분 그랬다.

연줄.

연줄이 있어야 했다.

"자, 먹었으니 다시 사냥을 시작하죠."

문창식이 일어나자 다른 사람들도 몸을 일으켰다.

나른한 오후의 햇살이 너무나 부드러워 졸음이 오는 날이다.

푸르른 녹음이 가득한 산에 바람이 불어왔다.

살랑살랑.

나뭇잎이 펄럭이며 노래를 불렀다.

사냥을 할수록 오열은 자신의 검이 조금씩 강해지는 것을 깨달았다.

푸른 에너지 막이 흐르는 브로드소드가 몬스터의 가죽을 베어내고 있었다.

다른 격수들만큼 위력적이지는 않지만 그래도 한나절 사냥을 한 것치고는 제법 익숙해졌다.

오열은 그제야 숙련도라는 것이 무엇을 의미를 알게 되었다.

검을 그냥 휘두른다고 되는 것이 아니었다.

아이가 칼로 고기를 자르는 것과 노련한 주부의 그것이 다르고, 정육점 주인의 칼질이 다른 것처럼 똑같은 칼로 몬스터를 찔러도 힘의 강약과 칼을 휘두르는 각도 등에 따라서도 많이 차이가 난다.

"휴~"

탱커 문창식이 이마의 땀을 닦아내었다.

그로서는 끝없이 나오는 몬스터를 상대하느라 하루 종일

힘들었던 모양이다.

"자, 오늘은 여기까지 하죠."

"와, 드디어 사냥이 끝났군. 오늘 한잔하고 자야겠네."

파티원이 문창식의 말에 모두 동의하며 사냥터를 떠났다.

처음 만났던 장소로 돌아와 문창식은 오늘 벌어들인 것을 모두 꺼냈다.

마정석이 13개이며, 몬스터의 뼈와 힘줄들을 모았다.

모두 문창식이 주는 대로 받을 뿐 달리 이의를 제기하거나 하는 사람은 없었다.

전투직 능력자에게는 2개의 마정석을, 탱커와 힐러는 3개의 마정석을, 그리고 오열은 한 개의 마정석을 받았다.

이후 가죽과 몬스터의 사체에서 나온 부산물은 모두 공평하게 나눴다.

모든 배당을 마친 후에 문창식이 가방에서 맥주를 꺼내 돌렸다.

오열도 그가 주는 맥주를 받아마셨다.

시원한 맥주가 목구멍을 넘어가자 무척이나 기분이 좋아졌다.

땀을 흘린 후에 마시는 맥주 한 잔은 하루 종일 힘들었던 것들이 마치 거짓말처럼 사라지고, 상쾌한 기분만 남게 만들었다.

"자, 그럼 이틀 후에 보자고."

파티원이 흩어져 돌아갔다.

문창식이 오열에게 물었다.

"할 만해?"

"네, 파티에 참여시켜 주어서 고맙습니다. 열심히 숙련도를 올려 꼭 한 사람 몫을 하겠습니다."

오열의 말에 문창식이 고개를 끄덕였다.

이 파티의 사람들은 모두 오열보다 다 나이가 많았다.

그래서 말을 편하게 놓기로 합의를 봤다.

오열도 그것이 편했다.

사실 오늘 오열이 한 일은 거의 없었다.

열심히 칼질을 했지만 몬스터에게 데미지는 거의 들어가지 않았다.

"처음이니 말을 하는데 말이지, 그 무기 말이야."

"네."

"보급형이라 다른 무기를 써야 할 거야. 그러기 위해서는 돈을 많이 모아야 할 것이고. 그리고 장비의 수리비도 적지 않게 들어갈 거야. 이쪽도 알고 보면 쉽지는 않아."

문창식의 말에 오열이 고개를 끄덕였다.

오열은 자신과 다른 파티원의 무기는 수준이 달랐다.

오열은 문창식과 헤어져 집으로 돌아와서 샤워를 하고 침대에 누웠다.

한동안 천장이 빙글빙글 돌며 몬스터들이 나타났다 사라지기를 반복했다.

정말 즐거운 하루였다.

불완전하지만 몬스터 사냥을 했다.

몬스터 사냥을 했다는 것은 비로소 초능력자가 되었다는 것을 의미한다.

2장

던전

오늘 받은 마정석 하나만 해도 400만 원이 넘었다.

하얀색의 마정석은 흔해 값이 별로 비싸지 않음에도 그랬다.

던전에 있는 고급 몬스터를 사냥해서 얻는 마정석은 그 열배나 한다.

오열은 바닥에 뒹구는 몬스터 가죽과 뼈, 그리고 힘줄을 바라보다가 그것들을 창고에 넣었다.

다행히 연금술사로 각성해서인지 정부에서 창고가 딸린 아파트를 제공해 주었다.

지하 창고를 단독으로 쓸 수 있는 1층을 배정받은 것이다.

몬스터 부산물은 당분간 거기에 쌓아놓아도 된다.

오열은 냉장고에서 맥주를 꺼내 마셨다. 차가운 맥주가 뱃속으로 들어가자 기운이 났다.

'그래, 열심히 벌어서 장비를 업그레이드하자.'

무기가 시원치 않으면 파티 사냥에 낄 수가 없다.

다행히 마음이 착한 파티원을 만나 사냥을 시작하게 되었지만 타격치가 낮은 연금술사가 무기마저 나쁘면 문제가 자못 심각해질 수 있다.

아마도 그래서 문창식이 헤어질 때 무기 이야기를 꺼냈을 것이다.

즉, 그들이 마음이 아무리 착해도 봐줄 수 있는 한계치가 있다는 말이다.

그들은 오열이 스스로 성장할 때까지 어느 정도 기다려 줄 것이다.

그리고 아니라는 것이 느껴지면 냉혹하게 파티에서 추방되고 말리라.

어쩔 수 없다.

생명이 왔다 갔다 하는 몬스터 사냥에서 살아남으려면 스스로 자신의 가치를 증명하는 수밖에.

오열은 미소를 지었다.

각성자 최고의 망캐로 불리는 연금술사도 스스로 실험을 하지 않으면 그다지 위험이 크지 않다.

그럼에도 불구하고 망하는 이유는 연금술사는 로또가 가능한 직업이기 때문이었다.

성공하면 수백 배, 아니, 수천 배의 보상이 가능한 직업.

게다가 과학자만큼의 지식이 있어야 한다.

머리가 나쁜 사람은 할 수가 없는 직종이다. 아니, 머리가 나쁜 사람은 연금술사가 될 수조차 없다.

"젠장, 반드시 부자가 되고 말겠어."

오열은 주먹을 불끈 쥐었다.

가난한 집에 태어나 무시를 받고 살았다.

좋아했던 여자에게도 개무시를 받았다. 더 이상 그렇게 살고 싶지 않았다.

불과 어제까지만 해도 몇 푼을 벌려고 아르바이트에 전전했다.

그런데 단 한 번의 사냥만으로 4백만 원을 벌었다.

비록 초기에는 장비를 맞추기가 버겁지만 제대로만 한다면 부자로 살 수 있는 직업이 초능력자다.

오늘 먹은 도시락만 해도 얼마나 맛이 있었던가. 태어나서 처음 먹어보는 근사한 음식이었다.

오열은 다시는 튜브 음식을 먹지 않겠다고 결심했다.

오직 생존하기 위해 먹는 그따위 치약은 절대 사절이다.

일당제 아르바이트를 하면서도 그 맛없는 치약은 먹지 않았다.

다시 과거로 돌아가고 싶지 않았다.

단 하루에 불과했지만 어제와 오늘은 천당과 지옥만큼이나 차이가 났다.

"아자! 아자! 파이팅!"

오열은 힘차게 파이팅을 외쳤다.

오열은 최선을 다하여 파티에 참가했다.

파티를 하고 난 다음에 꼭 그날 있었던 몬스터 사냥을 반드시 복기하곤 했다.

칼을 어떤 감각으로 휘둘러야 타격치가 많이 나오는지, 그리고 얼마의 메탈에너지를 사용해야 타격치가 잘 들어가는지 시간이 갈수록 명백해지기 시작했다.

"요즘, 타격치가 제법 나오는 것 같아 보여."

"배우는 속도가 빠르군."

"이제 완전히 파티 사냥에 적응했어. 축하해."

칭찬이 따라왔다.

처음 그가 말한 대로 일반 파티원의 타격치가 60% 근처까지 나왔다.

무기만 바꾸면 80% 근처까지 타격치가 나올 것이라 예상되었다.

오열은 더욱 열심히 몬스터 사냥에 참가하였다.

그렇게 몬스터 사냥에 참가한 지 3개월이 지났다.

오열은 인터넷으로 조사를 해보니 자신이 정말 운이 좋았던 것을 알게 되었다.

능력자로 각성한 사람은 많았고 사냥터는 적었다.

그러다 보니 일거리가 없어 노는 사람들이 태반이었다.

여전히 오열은 다른 파티원보다 일당을 적게 받고 있지만 조금도 불평하지는 않았다.

시간이 지날수록 수입이 아주 조금씩 늘어났다. 장비 수리비가 만만찮게 들었지만 그래도 아르바이트 따위와는 비교할 바가 아니었다.

오열의 타격치가 어느 정도 나오기 시작하자 파티원이 무기를 바꾸라는 소리를 하지 않았다.

연금술사인 그가 파티에 참가해서부터 부산물의 수입이 많아졌기 때문이다.

연금술사!

괜히 말만 연금술사가 아닌 것이다.

그들은 몬스터의 사체에서 유용한 재료들을 적출할 수 있다.

문제는 도박 성향이 있는 사람이 연금술사로 각성하면 집안의 기둥뿌리가 뽑히는 것은 시간문제라는 것.

그만큼 연금술사라는 직업은 모 아니면 도였다.

오열은 이제 삼 개월만 더 사냥을 하면 적어도 새로운 장비로 바꿀 수 있을 것 같았다.

그렇게 되면 파티원에게 미안한 마음이 일부 상쇄되리라 생각이 들었다.

"하하하, 몬스터야. 기다려라! 무기만 바꾸면 바로 썰어주마!"

오열은 거울을 보며 음흉하게 웃었다.

돈이 모이면서 사악한 본성이 조금씩 나오고 있었다. 그리고 어떻게 하면 더 많은 돈을 벌 수 있을까 연구하기 시작했다.

아직은 어떻게 해볼 수 있는 방법이 없지만 소도 비빌 언덕이 있다고 하는데 오열은 그런 것이 전혀 없었다.

오열은 힐러인 정미영을 생각했다.

좋아하거나 하는 감정이 있는 것은 아니었다.

연금술사에게 힐러는 넘사벽이었다.

더욱이 정미영은 같은 파티원하고도 말을 잘 섞지 않았다.

그 도도한 콧대를 납작하게 눌러주고 싶었다.

악마가 그의 마음에 순간적으로 충동질했다.

하지만 이성이 그를 강하게 부여잡았다.

자신은 제대로 된 격수도 아니고 연금술사에 불과했다.

연금술사가 가상현실게임에서처럼 포션이라도 만들 수 있다면 이렇게 답답하지 않겠지만 현실이다 보니 레시피 자체가 없었다.

연금술사에게 알려진 것은 오직 비전서를 만드는 것뿐이었다.

비전서.

극악의 확률로 나오는 비전서의 가격은 상상을 초월했다.

연금술사만이 만들 수 있는 이 비전서는 새로운 초능력을 각성하게 도와주거나 특이한 능력을 가지게 만들어준다.

문제는 성공보다 실패가 훨씬 많다는 것.

오열은 가끔 생각하곤 했다.

연금술사가 그토록 별 볼 일 없는 것이라면 자신의 사이킥 에너지 반응이 그렇게 높게 나왔을 리가 없다고. 혹시 뭔가 있지 않을까 하고.

마음의 여유가 생기자 사물의 본질을 보는 눈이 달라진 것이다.

오열은 3개월 만에 3억을 만들고 이제 3억만 더 만들면 무기를 바꿀 수 있는 돈이 모이기에 요즘 신이 났다.

하지만 다시 무기 시세를 알아본 다음 욕이 저절로 나왔다.

사려고 했던 무기의 기종이 그새 2억이나 올랐던 것이다.

"하여튼 메탈 드워프 새끼들! 돈독 오른 미친 새끼들 같으니라고!"

메탈 드워프는 마정석이 들어간 장비를 만들 수 있는 공방 직업으로 각성한 능력자를 말한다.

그 수가 많지 않아 힐러보다 더 고집이 센 족속들이다.

무기의 가격이 오르는 것은 메탈 드워프들이 장비를 만들지 않고 딴짓을 하기 때문이다.

사냥에 특화된 직종이 아니다 보니 일하는 것보다 노는 것을 더 좋아해 1년 중에 반은 논다. 그러면서도 일반 능력자들보다 몇 배 이상 돈을 번다.

그래도 오열은 하나도 부럽지 않았다.

역시 각성자의 로망은 몬스터 사냥꾼 아닌가?

던전 사냥꾼은 메탈사이퍼들의 꿈이었다.

좋은 던전에서 나오는 마정석은 엄청나게 비쌌다. 그런 사냥터는 말 그대로 모든 몬스터 헌터에게 꿈이었다.

오열은 주먹을 꽈 쥐고 이를 악물었다.

각성자가 되었으니 제대로 한번 해보고 싶었다.

남들이 망캐라 비웃어도 뭔가 하나가 터질 것이라는 막연한 가능성을 포기하지 않았다.

아직 사람들은 연금술사에 대해 제대로 알지 못해서 그런 것일 것이라고 생각했다.

무엇을 만들고 조합한다는 것은 천재들에게나 어울릴 직업이었다.

그러니 보통의 머리를 가진 사람이 각성하면 망캐가 되는 것이다.

오열은 천재는 아니지만 눈치나 잔머리가 굉장히 발달했다.

뭔가 연금술사에게 남들이 모르는 비밀이 있을 것 같았다.

그의 예리한 감각이 그렇게 말하고 있었다.

오열은 각성하기 전 자신의 사이킥에너지 수치가 굉장히 높았던 것을 기억해 냈다.

그래서 힐러나 하이딜러인 화력 전투직이 될 것이라고 생각했었다.

오열은 오늘도 밥에 김과 햄, 그리고 김치밖에 없는 밥을 먹으며 돈을 아꼈다.

돈을 아껴서 장비를 교체할 생각이었다.

오열은 이사철과 친해졌다.

나이가 가장 어린 축에 속한 이사철은 오열보다 두 살 위였다.

다시 말해 이들 역시 오열과 비슷한 처지를 겪은 이들이었다.

18살에 능력자로 인정을 받고 정부의 도움으로 메탈사이퍼가 되었다.

하지만 딜러라 해도 자리가 나지 않은 것은 매한가지였다.

아름아름 1년에 몇 번 사냥을 한 것으로 근근이 버티다가 문창식 씨가 파티를 짜고 나면서 그나마 살림이 폈다는 것이다.

오늘은 이사철이 다짜고짜 나오라고 한 곳으로 갔다.

어떻게 알았는지 이곳에 최고의 레이드가 벌어지니 구경을 가자고 했다

이사철의 제의에 응한 것은 혹시나 하여서였다.

연금술사인 그는 레이드팀이 남겨놓은 몬스터 사체를 혹시라도 발견하게 된다면 부수입을 올릴 수 있기 때문이다.

만약 레이드팀에 발견되면 도망가면 그만이다.

어떠한 상황 속에서도 정부는 메탈사이퍼들 간의 분쟁을 용납하지 않기 때문이다.

던전 안에서 만나자는 말을 듣고 고개를 갸웃했지만 던전에 대해 아는 바가 많지 않아 아주 조심하면서 들어갔다.

'여기 어디지?'

오열은 던전 입구를 찾아내고는 조심스럽게 안으로 들어갔다.

던전은 음침했다.

위험한 몬스터가 아직 출몰하지도 않았음에도 동굴 자체

가 마치 살아 있는 것처럼 꿈틀거렸다.

앞으로 전진할수록 짙은 어둠이 안개처럼 스며들면서 귀신의 울음소리처럼 음산하게 속삭였다. 그러자 소름이 돋았다.

"아, 왜 이곳으로 오라고 해서."

이오열은 브로드소드를 단단히 부여잡았다.

검면에 흐르는 푸른 에너지파를 보자 조금 안심이 되었다.

안으로 계속 들어가도 몬스터 한 마리도 보이지 않는다.

오열은 그나마 다행이라고 생각하며 앞으로 나갔다.

몬스터가 나타난다면 보자마자 도망갈 준비를 했다.

오열이 이런 생각을 할 수 있는 것은 대부분의 몬스터는 능력자가 도망가면 따라잡지 못할 정도로 느렸기 때문이다.

아무래도 앞선 레이드팀이 몬스터를 모두 정리를 한 듯했다.

처리된 몬스터는 수십 년이 지나도 다시 나타나지 않는다.

어둠의 마나가 가득 차기 전까지는 말이다. 그러니 어느 정도 안심했다.

오열은 던전 끝까지 이사철이 보이지 않자 되돌아갈 생각을 했다.

그러나 순간 그의 감각이 잡히는 그 무엇에 몸이 저절로 멈칫거렸다.

무언가가 있었다.

알 수 없는 공포로 인해 소름이 돋았다.

섬뜩한 느낌이 척추를 관통하자 머리카락이 곤두섰다.

조심스럽게 뒤돌아보니 3미터에 육박하는 거대한 몬스터가 오열을 바라보고 있었다.

'젠장! 망했다.'

오열은 뒷걸음질을 치며 도망을 가려고 하였지만 그보다 몬스터의 공격이 더 빨랐다. 몬스터가 엄청난 속도로 그를 덮쳐왔던 것이다.

'젠장!'

스피드가 장난이 아니었다. 무시무시한 속도였다.

보통의 몬스터는 부스터를 켜면 메탈사이킥을 각성한 능력자를 쫓아올 수 없다. 그래서 던전 안을 들어왔다.

도망갈 수 있다고 믿어서.

그런데 이놈은 부스터를 켤 시간조차 안 주고 거대한 손으로 마치 파리를 잡아채듯이 공격해 왔다.

오열은 급히 몸을 날려 바닥으로 굴렀다.

쿵.

던전의 두꺼운 화강암 바닥이 움푹 파였다. 그 깊이가 무려 1미터에 달했다.

"크아앙!"

몬스터는 소리를 지르며 달려왔다. 오열은 몬스터의 공격에 본능적으로 검을 휘둘렀다.

'텅!' 하는 소리와 함께 충격이 몸으로 전해지면서 뒤로 밀려났다.

오열은 단 한 번의 부딪힘으로 열 걸음이나 뒤로 밀린 것을 볼 때 눈앞의 몬스터는 단순한 일반 몬스터가 아님을 깨달았다.

최소한 강화형 몬스터이거나 보스 몬스터가 분명했다. 이제껏 한 번도 이런 강력한 몬스터를 상대해 보지 못했다.

'젠장, 왜 하필 이렇게 강한 놈이 나온 것이지?'

오열은 아직도 정부에서 준 보급형 장비를 착용하고 있었다. 그래서 몬스터의 공격을 흡수하는 아머도 싸구려다.

물론 들고 있는 브로드소드 역시 보급형이다 보니 공격력이 형편이 없었다.

단 한 번의 공격에 아머의 방어력이 반이나 떨어졌다.

오열은 오늘 죽었다 생각하면서 마음을 비웠다. 이런 싸구려 장비로 보스급 몬스터를 상대할 수는 없다. 물론 그렇다고 그냥 죽어줄 수는 없다.

'젠장할!'

그나마 다행이라면 부스터가 작동이 되었다. 보급형이라

예열되는 데에만 1분 이상이 걸리고 지속 시간도 짧았다.

오열은 지그재그로 스텝을 밟으며 몬스터를 피해 다녔다.

그럴수록 놈의 흉성은 더욱 거세져만 갔다.

울퉁불퉁한 팔의 근육이 오열의 허리보다 두꺼웠다. 흑암을 닮은 검붉은 눈동자는 지옥처럼 어두웠다. 그리고 광포한 살기가 담긴 눈빛은 용광로보다 뜨거웠다.

오열은 그 눈을 보자 다리에서 힘이 쭉 빠졌다.

오열은 몬스터의 공격을 피해 이리저리 뒹굴다가 몬스터의 어깨에 박힌 메탈브로닉 창을 보았다.

대형 몬스터 공격용 투창이다. 투창을 보자 아주 작은 희망이 보였다.

놈은 레이드팀과 이미 한번 전투를 치른 것이다. 그렇다면 몬스터의 생체에너지가 의외로 낮을 수 있다.

아직 바닥에서 일어나지도 않았는데 거대한 발이 짓누르며 덮쳐왔다.

"헉!"

오열은 자신도 모르게 옆으로 데굴데굴 굴렀다. 간발의 차이로 공격을 피할 수 있었지만 여기저기 움푹 파인 웅덩이에 걸리고 말았다.

'젠장!'

오열은 벌떡 일어났지만 이미 늦었다. 몬스터의 거대한 발이 날아왔다.

오열은 힘껏 검을 휘둘렀다. 메탈에너지가 손등을 통해 뭉텅 빠져나가는 것이 느껴졌다.

꽈아아아앙!

단 한 번의 부딪힘으로 브로드소드가 부서졌다.

다행스럽게도 검은 몬스터의 발바닥에 박혔는지 몬스터가 고통으로 인해 울부짖었다.

오열은 급히 뛰었다. 죽기 살기로 뛰었다. 모든 힘을 뛰는 데 사용했다.

살기 위해선 무조건 입구 쪽으로 도망가야 한다.

부스터가 오열의 기동성을 강화시켜 주었다.

정신없이 뛰다 보니 앞에 수많은 사람이 쓰러져 있었다.

'젠장! 빌어먹을.'

마침 부스터도 연료가 다 되었는지 움직임이 둔화되기 시작했다.

오열은 재빨리 쓰러진 사람들의 무기를 주웠다. 미스넬과 아다티움으로 만든 무기가 수두룩했다.

그중에서 가장 강해 보이는 하나의 검을 집었다. 그리고 이미 죽은 사람의 메탈아머를 벗겨 착용했다.

PMKS7601 제품이다.

오열은 착용한 것만으로도 엄청난 힘이 바로 느껴졌다.

이전에 착용했던 싸구려 장비와는 비교조차 되지 않았다.

오열이 장비를 착용하고 났을 때 동굴이 흔들리며 몬스터가 다가오고 있었다.

새 장비의 허리에 달린 부스터를 켜자 즉각적으로 몸이 가벼워지며 이동속도가 빨라졌다.

'이래서 비싼 장비를 착용해야 한다니까.'

이전과는 비교도 할 수 없을 정도로 강력한 힘과 이동속도였다.

'이렇게 좋은 장비를 가진 레이드팀이 전멸한 이유가 뭐지?'

오열은 이해가 가지 않았다.

그는 고개를 흔들다가 바닥에서 반짝이는 파란 구체를 보았다.

지름이 20㎝ 정도로 보이는 마정석이었다.

푸른색의 마정석은 보스급 몬스터에게서 나오는 것이다.

이름하여 보스 몬스터.

그렇다면 밖의 저 녀석은 보스가 아닌 부하 몬스터일 것이다.

만약 저 녀석이 보스급 몬스터였다면 이렇게 도망칠 수도 없었을지도 모른다.

일단 죽을 때 죽더라도 마정석을 집어 가방에 넣었다.

이것 하나만 가지고 도망치면 평생 놀고먹을 수 있다.

슬쩍 메탈아머의 에너지 잔존량을 보니 아직 반이나 남았다.

그런데 그 잔존량이 무려 12,000HP다. 잔존량만 하더라도 이전에 착용한 보급형보다 12배나 많았다.

'어? 이게 그 말로만 듣던 슈퍼메탈아머인가?'

보급형은 일반 아머보다 성능이 3분의 1정도밖에 되지 않으니 이 아머는 특급아머인 셈이다.

한마디로 특급의 메탈아머에 업그레이드를 하고 강화한 것이다. 그렇지 않으면 이런 고급 장비는 나오지 않는다.

'어떻게 된 것이지?'

그제야 여유가 있어 주위를 살펴보니 대부분의 전사의 머리가 짓이겨져 있었다.

그렇지 않다면 아머의 에너지가 남아 있는데 이렇게 허무하게 죽을 리가 없었다.

'아깝다!'

전사한 레이드팀들의 장비를 보니 욕심이 났다. 하지만 머뭇거려서는 안 된다. 이제는 최대한 빨리 던전을 벗어나야 했다.

이제는 가려고 하는데 땅에서 반짝이는 녹색의 마정석이 보였다.

이것도 역시 거대 몬스터가 죽으면서 드랍한 에너지 결정체다.

'아, 몰라!'

마음과 달리 어느새 오열은 마정석을 주워 가방에 담고 있었다.

한 개, 두 개, 여섯 개째 담고 있는데 발을 끌며 나타난 몬스터를 보았다. 아직 한 개의 마정석을 가방에 넣지 못했는데.

'젠장, 좆됐다.'

그놈의 욕심이 문제다. 욕심은 화를 불러온다고 하더니 지금이 그랬다.

오열은 자신의 어리석음을 자책했지만 이미 늦었다.

여기저기 흩어진 마정석을 줍다 보니 시간이 지체된 것이다.

몬스터는 오열을 보더니 달려들었다.

하지만 발바닥에 박힌 브로드소드의 검날 때문에 예전보다 속도가 훨씬 느렸다.

오열은 도망갈까 하다가 몬스터의 발에 박힌 브로드소드의 파편이 보였다.

몬스터의 발에서는 아직도 검은 연기가 조금씩 빠져나가고 있었다.

'이러면, 이야기가 달라지지.'

오열은 도망가려고 엉덩이를 뺐던 상태에서 자세를 바로 하고 검을 세웠다.

메탈에너지가 소드에 흐르자 붉은 에너지파가 한 자나 나왔다.

'오, 죽이는데!'

이렇다면 이야기가 달라진다. 보스 몬스터도 아니고 게다가 부상까지 당한 몬스터라면 말이지.

오열은 거대한 몬스터의 주먹에 맞서 검을 휘둘렀다.

텅 하는 소리와 함께 뒤로 두 걸음이나 물러섰지만 몬스터의 주먹도 무사하지 못했다.

찢어진 피부 사이에서 검은 연기가 뭉텅 빠져나가기 시작했다.

암흑에너지는 몬스터의 생명력이다. 그게 빠져나간다는 것은 생명이 빠진다는 것을 의미했다.

"음하하하! 너 죽었어!"

오열은 웃음을 터뜨리고 아까와는 사뭇 다르게 공격적으로 덤볐다.

빠른 동작이 가능할 뿐만 아니라 방어구도 엄청나고 무기는 좋아 물러설 이유가 없었던 것이다. 보스 몬스터라면 몰라도 말이다.

도망가던 먹이로 생각했던 오열이 돌변하자 몬스터는 더욱 화가 났는지 흉포하게 달려들었다.

하지만 오열은 빠른 동작으로 회피를 하면서 몬스터를 공격하여 야금야금 데미지를 누적시켰다.

오열도 몬스터에게 받은 데미지가 누적되어 갔다.

오열의 온몸에 상처투성이가 된 후에야 몬스터가 버티지를 못하고 무릎을 꿇었다.

숨을 들락날락 쉬는 몬스터의 숨통을 오열이 브로드소드로 완전히 끊어놓았다.

*　　　*　　　*

앉아서 쉬려다가 문득 생각이 났다.

이럴 시간이 없었다. 오열은 벌떡 일어나 헐떡거리며 몬스터를 도축하였다.

고급 몬스터라 그런지 부산물이 아주 많이 나왔다. 한참 후에 몬스터의 시체는 검은 안개 사이로 사라졌다. 어둠의 카오스로 돌아간 것이다.

오열은 너무 지쳐 바닥에 철퍽 앉았다. 눈앞에는 녹색의 마정석이 보석처럼 방긋 웃고 있었다. 당연히 오열은 배낭에 담았다.

새롭게 착용한 메탈아머와 초특급 검 때문에 몬스터에 데미지를 줄 수 있었고 몬스터의 사체를 얻을 수 있었다.

이제야 감이 왔다.

레이드팀과 몬스터는 양패구상을 당했고 오열은 살아남은 몬스터와 마주친 것이다.

애초부터 몬스터는 생체에너지가 레이드팀에게 당해 바닥이었기 때문에 사냥이 가능했던 것이다.

그렇지 않다면 결코 잡을 수 없는 그런 몬스터였다.

그렇다.

녹색 마정석은 부하 몬스터의 것이라면 파란색 마정석은 보스 몬스터가 드랍한 것일 것이다.

'소환형 몬스터였나?'

오열은 바닥에 털썩 앉아 나직하게 한숨을 내쉬었다.

한 놈을 잡느라고 기운이 모두 빠졌다. 메탈아머의 에너지 잔존량을 보니 겨우 눈금이 1이 남았다. 즉 1,000HP가 남은 것이다.

'하아~ 이제 정부에 신고하는 일만 남았군. 음하하하, 이제 나는 부자가 되었어.'

오열은 사악한 미소를 지었다.

죽어 있는 레이드팀원들이 조금도 불쌍하게 느껴지지 않았다.

오열은 그런 마음의 여유가 없었다.

누가 누구를 동정한단 말인가.

거지가 부자들을 불쌍히 여기는 꼴이었다.

뭐, 죽은 것은 안 되었지만 말이다.

정부에서 메탈사이킥 각성자를 강력하게 관리하다 보니 이렇게 사망자나 부상자를 보게 되면 반드시 해당 부서에 신고를 해야 한다.

그렇지 않으면 몬스터를 사냥할 수 있는 라이센스가 취소된다.

오열은 일어나 죽은 자들을 한곳에 모아놓고 장비를 벗겼다.

마음의 한 곳이 거북하였지만 어쩔 수 없었다.

먼저 발견한 사람에게는 특별히 장비 취득 우선권을 주기 때문이다.

모두 가방에 넣고 일부는 손에 들고 던전을 나왔다.

나오자마자 오열은 각성자를 관리하는 정부의 사이킥메탈센터(PMC)에 연락을 했다.

그러고 보니 그 녀석은 어떻게 된 거지?

자신을 이곳으로 오게 만든 장본인인 이사철에게서 연락이 없다.

덕분에 죽을 뻔하다가 횡재를 했지만 말이다.

핸드폰을 꺼내서 보니 배터리가 나갔다.

'젠장.'

통신 장비는 메탈아머에 부착되어 있지만 따로 주파수를 맞춰야 해서 일반 전화처럼 사용할 수는 없다.

다만 몇몇 관공서나 경찰서, 그리고 사이킥메탈센터에 연락하는 것은 가능하였다.

이 메탈아머에 부착된 통신기기는 카오스에너지 하에서도 사용 가능한 것이다.

즉, 던전 안에서도 주파수만 서로 맞추면 같은 파티원끼리 통신이 가능하였다.

오열은 가방에서 몬스터 도감을 꺼내 살펴보았다.

아까 상대했던 몬스터의 이름은 이투퍼스, 보스 몬스터 이슬레온이 소환하는 몬스터다.

이슬레온은 체력형 몬스터가 아니라서 중형 레이드팀이 상대할 수 있는 몬스터이긴 하지만 탱커의 어그로가 잘 먹히지 않는 몬스터에 속했다.

한참을 기다리니 스카이 윙이 여러 대 나타났다.

은회색의 스카이 윙이 착륙하자 검은 양복을 입은 남자들이 내렸다.

"이오열 씨입니까?"

"아, 네."

"사이킥메탈센터에서 나온 박찬욱 과장이라고 합니다. 잠시 동행을 부탁드립니다."

"제가 가야 하나요?"

"레이드팀의 사망자가 어떻게 죽었는지 이유를 알아야 하니까요. 그리고 습득 장비에 대한 분배도 해야 하고요."

오열은 마치 자신이 레이드팀의 죽음에 대한 혐의라도 있는 것처럼 하는 말에 반발심이 들었지만 장비 분배를 받아야 하기에 바로 스카이 윙에 올라탔다.

10분도 안 되어 사이킥메탈센터에 도착한 오열은 직원들을 따라 들어갔다.

PMC은 국가에서 운영하는 초능력자를 위한 정부기관 가운데 하나다.

이들이 하는 일이란 각성자들의 관리와 지원이다.

오열이 초능력자로 각성하여 메탈사이킥 에너지를 다룰 수 있게 되자 허접한 장비나마 지원해 준 곳도 바로 이곳이다.

비록 허접한 장비이기는 하지만 일반인들은 쉽게 살 수 없는 가격이니 그저 주는 것만으로도 고마울 뿐이다. 그거라도 있어야 사냥을 할 수 있으니 말이다.

몬스터 사냥이 가능하게 된 것은 공방에 특화된 메탈 드워프들이 몬스터의 마정석으로 무기를 만들면서부터 본격적으로 시작되었다.

이 마정석으로 만든 무기로 인하여 몬스터의 내부에 있는 생체에너지에 직접 타격을 줄 수 있게 되었기 때문이다.

몬스터에게서 얻은 마정석을 분리하면 카오스에너지가 나오는데 이것을 다룰 수 있는 사람은 능력자로 각성한 자들뿐이다.

그들은 이 에너지를 효율적으로 다뤄서 열에너지와 장비를 강화하는 방법으로 사용되었다. 그리고 이런 장비를 만들 수 있는 그들을 매카닉 마이더스 또는 메탈 드워프라 불리었다.

오열은 사방의 벽이 하얀 조그마한 방에 앉아 있었다.

취조실은 아니었지만 언제든지 취조실로 바뀔 수도 있는 구조였다.

기분이 나빴지만 상대는 국가권력기관. 어쩔 도리가 없었다.

얼마 지나지 않아 박찬욱 과장이 방으로 들어왔다.

"숨진 분들의 장비에 붙은 영상들을 체크했습니다. 이슬레온을 잡다가 어그로가 힐러에게 튀는 것을 탱커가 막지 못해 전멸하게 된 것이었더군요. 물론 그 와중에 이슬레온도 죽게 되었고요."

"아, 네."

오열도 그럴 것이라고 생각했었다. 그 외의 이유는 사실 불가능했다.

"그런데 오열 씨는 초능력자로 자각한 지 얼마 되지 않았는데 무슨 일로 그 던전을 찾아간 것입니까?"

"친구가 레이드 구경을 가자고 했었습니다. 그런데 그 녀석은 오지 않았고 전 그 사실을 몰랐습니다. 던전이 클리어된 줄 알고 돌아가려다가 발견했습니다."

"몬스터와 전투를 했었더군요."

오열은 자신의 기록도 그가 훑어본 것이라고 생각했다.

아쉽지만 가져온 장비들은 모두 정부기관에서 관리한다. 습득한 장비에 대한 가격은 현금으로 준다.

그런데 사실 그것은 기본가를 기준으로 하기에 장비를 튜닝하거나 업그레이드한 것은 모두 제외가 된다.

그래서 돌려받는 금액은 형편없다.

물론 그것도 엄청난 금액이지만 장비 가격을 기준으로 비교한다면 그렇다는 것이다.

"아시겠지만 습득자는 물건 하나를 살 수 있습니다. 하지만 이오열 씨는 방어구와 무기가 모두 파손되었으니 방어구와 무기 두 개를 사실 수 있게 해드리겠습니다."

"아, 정말요?"

박찬욱이 웃자 오열은 고마운 마음을 표현했다.

사실 습득한 장비들을 개인적으로 슬쩍할 수 있지만 초보인 그로서는 그것들을 처분할 방법이 없었다.

 어차피 구입도 기준가로 하기에 특혜라면 특혜였다.

 30명의 장비 중 오열은 가장 좋은 것을 선택했다.

 그가 가장 좋은 장비를 선택하자 박찬욱이 빙그레 웃었다.

 그럴 것이라고 예상한 듯했다. 그리고 누구라도 그런 선택을 할 것이다.

 습득자에게 장비를 살 수 있는 혜택을 주는 것은 보상의 일종이었다.

 장비 자체가 워낙 고가이므로 대부분 국가가 관리를 했다.

 그러다 보니 능력자들은 장비를 습득하고도 신고를 하지 않는 일이 생기자 부득불 취한 조치였다.

 조금이라도 회수율을 높이자는 취지였는데 이런 조치를 취한 후로는 신고율이 상당히 올라갔다.

 그럼에도 불구하고 여전히 뒤로 장비를 빼돌리는 능력자들이 있었다.

 그런 경우는 장비를 다룰 줄 아는 메탈 드워프와 연결이 되어 있는 경우가 대부분이었다.

 수리 또는 개조를 하지 않은 장비는 판매가 불가능하였기 때문이다.

 오열은 집으로 돌아와 가방을 열었다.

8개의 녹색의 마정석과 1개의 푸른 마정석!

마정석은 언제나 습득자의 몫이었다.

오늘 한마디로 로또 맞은 날이었다.

게다가 레이드팀이 얻은 부산물도 모두 그의 몫이 되었다. 정부는 오직 죽은 자의 장비만 관리할 뿐이었다.

"음하하하하하하! 에헤라디아 니나노. 완전 대박. 완전 로또 당첨되었어!"

장비를 기준가로 계산해 배당해 준 돈이 32억이었다.

2개의 장비를 구입하고 남은 돈이었다.

엄청난 돈이지만 이 돈으로도 지금 그가 가지고 있는 장비를 사기는 힘들다.

그만큼 최고급 메탈아머와 에너지소드는 비쌌다. 하지만 오열은 신고한 대가로 구입한 자신의 최고급 메탈아머와 에너지 소드를 보고 미친 듯이 웃었다.

"히히히히."

게다가 수리까지 마친 장비였다.

드래곤메탈아머 — 방어에너지 71,000HP 제조번호: PMKS51000

드래곤나이트스워드 — 공격에너지 124,000KP 제조번호: PMKS62000

한마디로 공포스러운 수치였다.

이 정도 장비면 혼자서도 하급의 몬스터를 상대할 수 있을 정도다.

오열은 장비가 엄청 좋아졌다.

이제 파티 사냥에 기죽을 일이 사라진 것이다.

길드에 속하지 않은 사람은 좋은 자리에서 몬스터를 사냥할 수 없다.

그전에 각 길드는 한 번이라도 더 사냥을 하기 위해 좋은 던전들을 미리 선점하고 지키고 있었다.

시쳇말로 돈이 되는 몬스터는 이미 다 임자가 있다고 봐야 했다.

그런데 아무리 생각해도 몬스터가 죽은 다음의 일은 이해가 되지 않았다.

레이드를 실패했음에도 불구하고 마정석은 남아 있었기 때문이다.

평범한 몬스터라면 사체는 사라지지 않고 마정석은 시간이 지나면서 평범한 돌로 변할 것인데 말이다.

무엇인가 인간이 이해하지 못하는 것이 발생했다.

하지만 오열은 그러한 사실을 자각하지 못했다.

그러한 사실을 알아채기에는 경험이 너무나 부족했기 때

문이다.

아니, 너무나 갑자기 얻은 행운으로 인해 자세히 살피지 못한 것이었다.

3장

비전서

오열은 새로 구입한 장비들을 가지고 적응 훈련을 하였다.

손과 몸에 익은 장비일수록 더 좋은 효율이 난다.

게다가 각성자가 사용할 수 있는 비전서도 구입해야 한다.

비전서를 구입하여 배우면 전혀 다른 능력자로 새롭게 탄생하는 것이다.

하지만 이런 비전은 비쌌고 구입도 힘들었다.

또 무엇이 좋은 비전서인지 알 수도 없다는 점도 문제였다.

오열은 32억이 담긴 카드와 8개의 녹색 마정석, 그리고 1개의 푸른 마정석을 꺼내놓고 생각에 잠겼다.

그 옆에는 레이드팀의 가방에서 얻은 노란 마정석이 수십 개가 있었다.

결론은 이것을 모두 처분해서 그냥 편하게 사느냐, 아니면 비전서와 장비를 업그레이드하는 데 사용하느냐가 문제였다.

문제는 각성자들은 몬스터 사냥에 중독되는 경우가 많았다.

오열도 그동안의 사냥과 던전에서 이투퍼스를 사냥할 때의 짜릿한 손맛을 잊을 수 없었다.

눈만 감으면 그때의 장면이 생각났다.

그리고 몬스터를 마침내 처치했을 때의 짜릿한 흥분은 그 무엇보다 황홀했다.

'아냐, 그냥 팔아서 편하게 살자. 장비를 강화한다고 더 돈을 잘 벌게 되는 것도 아니고 또 좋은 길드에 가입할 수 있는 것도 아니잖아.'

거대 길드는 아무나 들어갈 수 있는 것이 아니다.

해당 길드의 간부급의 추천이 없으면 거의 불가능했다.

그래서 길드 가입하는 것이 하늘의 별따기였다.

그렇다고 별 볼 일 없는 중형 길드에 들어가면 제대로 된 레이드도 하지 못한다.

오늘날 세계는 몬스터를 사냥함으로써 빠르게 달라지기

시작했다.

마정석이 가지고 있는 카오스에너지는 여러 형태의 에너지로 변환할 수 있기 때문이다.

문제는 정제하는 기술이다.

메탈 드워프만이 이 마정석을 정제를 할 수 있는데 그 수가 너무 적었다.

오열은 밤이 되어도 잠이 오지 않았다.

할 수 없이 수면유도제를 먹고 잤다.

아침이 일어나니 몸이 나른했다.

아침이 되자 마음이 다시 바뀌었다. 인생이 뭐 별건가 하는 생각이 들었던 것.

사람의 마음은 정말 간사하다. 시시때때로 너무나 자주 변했다.

"지르자, 질러! 인생 한 방 아니겠어?"

오열은 컴퓨터를 켰다.

아직 홀로그램 모니터를 구입하지 못해 가지고 있는 것은 구식 모델이다.

국가에서 주는 것이라 더 바라지도 않았다.

경매 사이트에 들어가 보니 수없이 많은 물건이 나왔다.

그래 봐야 아직 뭐가 뭔지 알 수가 없다. 적어도 일주일은 살펴봐야 감이 올 것이다.

신중해서 나쁠 것은 없다.

하루 종일 인터넷 검색만 하면서 보냈다.

'이제 무엇을 하지?

부자가 되었지만 실감이 나지 않았다.

가지고 있는 돈은 32억.

각성자가 아니면 평생을 먹고살아도 남을 돈이지만 메탈 사이퍼로 각성한 사람에게는 그렇게 큰돈은 아니었다.

오히려 마정석이 더 비쌌다.

이 정도의 마정석은 각성자로서 평생 벌어야 얻을 수 있는 금액이었다.

우연하게 주은 것이지만 평생을 통해 이런 행운이 또 있으리라는 보장은 없었다. 그러니 신중해야 했다.

능력자로 각성하면 단순하게 메탈에너지를 다룰 수 있게 되는 것만은 아니었다.

신체 역시 보통의 사람들보다 몇 배나 강해진다.

하지만 몬스터는 갈수록 강해지고 위험해지고 있었다.

기본 장비로는 언제 죽을지 모르기 때문에 사람들은 자꾸만 좋은 장비를 찾게 되는 것이다. 그래서 많이 벌지만 장비를 구비하는데 거의 다 들어간다.

가장 좋은 것은 비전서를 사서 배우는 것이다.

그런데 이것이 정말 로또였다.

비전서는 연금술사가 만드는 것인데 재료가 엄청나게 들어간다.

일반 책을 만들 듯이 만들어지는 것이 아니었다. 만약 그렇다면 옮겨 적으면 그만이니까.

비전서는 연금술사의 비전에 의해 만들어지는데 수많은 재료와 마정석이 들어가야 만들 수 있다.

이렇게 만들어진 비전서가 특유의 메탈사이킥에 반응하는데 이것이 서로 맞으면 신체 능력이 향상되는 식이었다.

그러니 모 아니면 도였다.

그러나 이것도 자신과 맞는지 아닌지 구별하는 특유의 방법이 있는데 문제는 그 방법이 시중에 잘 알려져 있지 않았다.

'인생 뭐 있어. 확 지르는 거지.'

오열은 엄청나게 챙긴 몬스터의 부산물과 마정석들을 보며 한번 질러보기로 했다.

장비를 최상급으로 공짜에 가깝게 얻었는데 뭐가 겁나나 싶었다.

그렇지 않으면 평생 찌질하게 살다가 찌질하게 인생을 끝날 것이다.

하지만 오열은 잔머리의 대가답게 무작정 지를 생각은 없었다.

'무식한 놈들이 운이라고 하지만 운이 어디 있어. 다 노력의 산실이지. 적어도 하나의 직업으로 가지려면 그런 노력을 등한히 하면 안 되지. 난 연금술사야.'

오열은 그렇게 생각하고 파티장인 문창식에게 전화를 해서 집안에 일이 생겨 한동안 사냥을 가지 못할 것 같다고 이야기했다.

이렇게 말한 이유는 왠지 꺼림칙해서였다.

본능적으로 자신이 던전에서 횡재한 것을 철저하게 감춰야 한다고 생각했다.

국가에서도 신고자를 비밀로 해주는데 굳이 자신이 나설 이유가 없었기 때문이다.

죽은 사람들이 속한 그 길드에서 소유권을 주장하면 골치 아프기 때문이다.

로또에 당첨된 사람이 괜히 나라를 뜨는 게 아니다.

공돈을 얻었다고 하면 배 아파하는 한국사람 특성상, 괴롭히는 사람이 나오게 마련.

오열은 그런 바보짓을 할 생각이 없었다.

인생은 약게 살아야 한다.

특히 이사철이 냄새를 맡고 캐물을 수 있다.

그렇게 되면 자신도 모르는 사이에 단서를 흘릴 수도 있을 것이다.

이런 경우에는 아예 보지 않는 게 최고다. 그리고 사실 엄청난 부자가 되었는데 그런 푼돈을 버는 파티가 눈에 들어오지 않은 것도 사실이고 말이다.

돈이 있으니 마음의 여유가 생겼다.

김치와 김으로 밥을 먹었던 것을 더 이상 하지 않아도 된다.

파티 사냥을 하면서 모은 돈도 꽤 되었다.

왜 사람들이 몬스터 사냥이 최고라고 하는지 알 것 같았다.

최하급 몬스터 사냥임에도 불구하고 3개월에 3억을 모았다.

오열은 집에서 쉬면서 연금술에 대해 공부를 하기 시작했다.

일주일 동안 PMC에 가서 연금술에 대한 공부도 하고 실습도 해봤다.

일단 연금술의 원리를 알아야 했다.

그래야 뭐를 해도 하지.

오열은 최고급 장비를 갖추었기 때문에 연금술로 돈을 쓰는 데에는 문제가 없지만 그렇다고 무작정 연금술을 실험할 수는 없다.

연금술 실험에 들어가는 돈이 무지하게 많았던 것이다.

오열은 침대에 누워 생각을 하다가 머리가 아파와 냉장고에서 맥주를 꺼내 마셨다.

냉장고에는 맛있는 과일과 음료로 가득했다. 이제 사람 사는 것같이 해놓고 살게 되었다.

"만세! 행복한 오열이 만세!"

오열은 촐싹거리며 자신에게 찾아온 행복을 즐겼다.

맛있는 것을 사먹고 차도 구입했다.

일단 생활에 필요한 것은 대부분 구입할 생각이었다.

아직은 정부가 임대해 준 아파트를 나갈 생각은 없었지만 연금술을 배우기 시작하면서 더 이상 아파트에 있을 수 없었다.

재료를 준비하고 연금술을 시전하는 데 악취가 심하게 나 주변에서 항의가 들어왔기 때문이다. 그래서 인적이 드문 곳에 집을 한 채 구입했다.

"자아, 이렇게 용매제를 만들고."

오열은 식초 냄새가 나는 용매제를 만들고는 각종 재료를 넣었다.

그동안 모은 몬스터 재료가 몽땅 들어가고도 부족하여 시중에서 사왔다. 그리고 마지막으로 흰색 마정석을 집어넣었다.

부글부글 끓던 재료들이 정밀한 기구를 통해 정제되기 시작했다.

환한 빛이 번쩍 하더니 황금색 보석이 하나 만들어졌다.

"오! 성공이닷!"

오열은 기분이 좋아 소리쳤다.

가슴이 두근두근 뛰기 시작했다.

이 비전서는 어떤 능력을 가져다줄까?

아무리 생각해도 너무 궁금했다.

있는 재료를 썼음에도 재료비가 3억 가까이 들었다.

돈 먹는 하마라는 말이 딱 맞았다.

이렇게 만들어진 보석을 메탈 드워프가 만든 장치에 끼면 비전서가 되는 것이다. 쉽다면 쉽고 어렵다면 어려운 공정이었다.

비전서!

운이 좋으면 새로운 사이킥에너지를 배울 수 있게 해준다.

다른 말로 하면 새로운 스킬을 가지게 해주고 직업을 바꿀 수도 있다.

연금술사인 오열이 만약 비전서에 상성이 맞으면 새로운 딜러나 힐러가 될 수 있다. 그렇다고 이전에 있던 초능력이 없어지는 것은 아니다.

하급 비전서가 10억이나 한다.

돈 있는 메탈사이퍼들이 질렀다가 꽝이 되어서 거지가 된 후에 그다지 추천하지 않는 방법이기도 했다.

하지만 오열은 어쩔 수가 없었다.

연금술사로서는 평생 사냥을 해도 제대로 대우를 받지 못하기 때문이다.

만들어진 비전서의 속성을 알 수 있는 기술이 아직 개발되지 않았다.

그러니 상성이 맞으면 로또에 당첨된 것이고 아니면 망하는 것이다.

하지만 대부분의 사람은 비전서를 구입하여 지르다가 있는 재산을 다 말아먹는 경우가 많아 권하지 않는 방법이다.

오열이 이렇게 시도를 할 수 있는 것은 재료비가 60% 정도밖에 들지 않기 때문이었다.

비전서를 만드는 데에는 실패율이 대단히 낮았다.

문제는 만들어진 비전서를 가지고 각성하는 데 실패하는 경우가 태반이다.

비전서를 가지고 각성하는 것은 강제각성이다. 비전서에 담긴 능력자의 재능을 강제로 끌어내는 것.

이때 비전서에 담긴 능력에 적합하지 않으면 소용이 없게 된다.

하급 비전서가 10억이나 하는데 사서 질러도 대부분 꽝이다.

그러니 이런 방법으로 능력을 키우는 방법은 재벌이 아니면 권할 만한 것은 절대 아니다.

오열은 작은 기계를 바라보았다.

이 기계만도 2억이 넘어간다.

임대를 해서 지금은 매달 400만 원의 비용을 지불하면 된다.

오열은 사는 것보다 임대하는 것이 낫다고 판단했다. 2억이라는 돈으로 이 기계를 5년 동안 임대할 수 있었기 때문이다.

오열은 한숨을 푹 내쉬었다.

'망할 메탈 드워프들 같으니라고. 이렇게 간단한 장비를 2억이나 받아 처먹다니!'

현대과학기술로만 본다면 200만 원이면 떡을 칠 기계였다.

하지만 메탈 드워프의 손을 거치자 200만 원이 2억이 되어 버렸다.

오열은 어쨌든 첫 작품을 장비에 부착했다.

다행한 것은 비전서를 장비에 연결하는 케이스는 비교적 저렴했다.

오열은 언제 비전서를 사용할까 생각을 했다.

가지고 있는 돈에 비하면 이 비전서를 만든 3억은 그다지 많은 돈이 아니다.

하지만 워낙 배고프게 생활한 경험이 많아서 돈을 쓰는 것이 무서웠다.

아깝고 아까웠다.

그런 오열이 비전서를 만들기로 결심한 이유는 나름의 확신이 있었기 때문이다.

사이킥에너지를 가진 자가 초능력자로 각성하는 것은 아무렇게나 되는 것은 아니다.

그 사람에게 가장 강한 사이킥에너지에 반응하는 직업에 맞게끔 각성이 되기 때문이다.

그러기에 자신이 연금술사로 각성했다면 반드시 이유가 있을 것이라고 생각했다.

'언제 이것을 확인하지?'

비전서는 일회용이다

각성이 안 된다고 다시 재활용할 수 있는 것은 아니다. 비전서가 개방되면 다시는 사용할 수 없게 된다.

오열은 기계에 비전서를 넣었다.

전원에 파란 불이 들어오고 비전서가 활동하기 시작했다.

오늘 왠지 감이 나쁘지 않았다. 그리고 처음 만들어서 그런지 궁금해서 도저히 더는 참을 수가 없었다.

눈앞에 홀로그램이 떠오르기 시작하더니 복잡한 도식들이 만들어지기 시작했다.

사이킥에너지 25%

메탈 파워 31.23%

파워 22.5%

기타 알 수 없는 성분들 21.27%

[에너지가 충전되고 있습니다. 10분 후에 각성을 확인 할 수 있습니다……. 5분 남았습니다……. 3분 남았습니다. 움직이시면 안 됩니다. 1분 후에 각성됩니다……. 10, 9, 8, 7, 6, 5, 4, 3, 2, 1, 0. 각성을 시작합니다.]

빛의 다발이 번쩍 눈앞에서 터졌다.

오열의 몸에 그 빛이 섬광처럼 날아와 통과하였다.

오열은 제발 딜러에 유익한 스킬이 나오기를 기대했다.

[삐~ 각성에 성공하셨습니다.]

"뭐? 헉! 성공했다."

오열은 자리에서 일어나 팔짝 뛰었다.

너무 좋았다. 뭐가 되었는지 너무 궁금했다.

[확인합니다.]

오열은 두 눈을 부릅뜨고 홀로그램을 바라보았다.

['전사의 파워'를 얻으셨습니다. 근력이 4.7 Point 올랐습니다. 민첩함이 4.7 Point 올랐습니다.]

전사의 파워가 무엇인지 모르겠지만 근력과 민첩이 올랐다는 말에 무척이나 기뻤다.

4.7P가 상승을 한 것은 큰 것은 아니지만 목숨이 왔다 갔다

하는 전투에서 4.7P는 대단한 것이었다.

막말로 생산직 능력자는 전투직 능력자의 40%~90% 사이의 타격치를 낸다고 알려져 있다.

평균적으로 60%의 타격치가 평균치라는 것을 감안하면 그 30%의 차이 때문에 몬스터 사냥에서 외면을 받는 것이다. 심지어 장비가 허접하면 파티 사냥에서 추방당하는 일까지 비일비재하였다.

*　　　*　　　*

오열은 기분이 좋았다.

돈이 없을 때에는 3억을 투자해서 성공할지 못할지 모르는 비전서를 만들지 못했을 것이다.

하지만 지금은 달랐다.

이런 것이 가능하다면 2억이 아니라 10억이라도 기꺼이 지불할 용의가 있었다.

물론 총비용은 가지고 있던 재료비를 포함하면 6억 정도 들었다.

하지만 몬스터 사냥에서 중요한 것은 딜러의 화력이고, 강력한 화력은 위험한 몬스터 사냥에서 자신의 목숨을 보장할 수 있는 것이기도 했다.

오열은 한 번 성공하자 자신감과 용기가 생겼다.

그렇다고 해도 연금술을 하기 위해 재료를 사는 것은 내키지 않았다.

"솔플을 하자."

오열은 생각을 가다듬었다.

그런데 어떻게?

목숨이 왔다 갔다 하는데.

뭔가 방법이 있지 않을까? 하고 생각을 하고는 인터넷을 검색했다.

그가 이렇게 솔플을 하려는 것은 이사철에게 들키지 않기 위한 것이다.

한 6개월 이렇게 지낼 생각이었다.

'흐음, 충무로에 장비 상점 거리를 한번 가보면 좋겠군.'

오열은 일단 뭔가 방법이 있지 않을까 생각을 하고 충무로의 장비 상점을 돌아다녔다.

온갖 물건이 가게에 진열되어 있었다.

오열은 봐도 뭐가 뭔지 몰랐다.

한참 고민을 하던 그의 얼굴이 능글맞게 변하기 시작했다. 이런 일은 일단 지르고 보는 것이다. 고민만으로 아무것도 할 수 없다.

오열은 편의점에서 간단한 과일음료 2개를 사서 아무 데나 상점 하나를 택해 무작정 들어갔다.

"어서 오세요."

중년의 남자가 웃으며 오열을 맞이했다.

"구경 좀 해도 될까요?"

"그럼요. 찾는 물건이 있습니까?"

"메탈사이퍼 장비를 봤으면 해서요."

"이 거리가 다 그런 장비만 취급하는 곳이죠. 메탈아머나
무기는 정부의 허가받은 제품만 살 수 있습니다."

"정말요?"

오열의 말에 주인이 웃기만 했다.

그럴 리가 없음을 말하는 상점 주인도 오열도 알고 있다.

그러나 장사꾼이 처음 거래를 하는 사람에게는 사실대로
말해줄 수 없는 법이다.

"하하, 안심하세요. 아머나 무기를 구입하려고 하는 것은
아닙니다."

"하하, 뭐 방법이 아주 없는 것은 아닙니다."

그제야 주인이 슬쩍 운을 떼운다.

하지만 오열은 정말 메탈아머나 무기를 구입할 생각이 없
었다.

이미 최상의 장비를 가지고 있으니 당분간 그쪽에 대해서
는 신경을 꺼도 되었다.

"혹시 메탈아머를 강화하거나 아머의 방어력을 힐러 없이 재충전할 수 있는 도구가 있나요?"

"그게 왜 필요한지는 모르겠지만…… 아, 그렇지. 있긴 있네요. 그런데 사냥할 때 힐러와 항상 함께하지 않으신가요?"

"힐러가 지칠 경우를 대비해서요."

"한데 아쉽게도 그런 물건이 있긴 있는데 지금은 없습니다."

오열은 가방에서 과일 음료 한 병을 꺼내 남자에게 주었다.

"이거라도 드시죠. 정보를 공짜로 얻기가 그러네요."

오열은 자신도 가방에서 음료수를 꺼내 마시며 말을 했다.

이런저런 이야기를 하다 보니 조금 친해지게 되었다.

"……그런데 그거 말이죠. 사실 몇몇 파티에서는 이미 사용하고 있다는 말을 확실히 듣기는 들은 것 같은데 잠시 기다려 봐요."

그는 어디로 전화를 해보더니 피식 웃으며 오열에게 말했다.

"역시 있다고 하네요. 중급이나 상급 던전에서 일부 격수가 사용하고 있다고 하더군요. 아무래도 힐러가 지쳤는데 운이 나쁘면 딜러들은 죽을 수밖에 없으니 여벌의 목숨이라고 생각하고 사지만 어지간하면 사용하지는 않는답니다. 힐러가 있으니까."

"오, 그렇군요. 가격은 얼마 정도 해요?"

"5억 정도 할걸요."

"5억요?"

"그 정도 하는 것 같던데. 확실히는 잘은 모릅니다. 한 번도 취급을 안 해봐서. 그런 물건은 찾는 사람도 많지 않고요."

"구할 수는 있습니까?"

"장사꾼이 못 구하는 물건은 없지요. 가격만 알아봐 드릴 수도 있고, 장비를 구해 드릴 수도 있습니다."

"어떤 것인지 한번 보고 싶네요."

"잠깐만 기다려 보세요."

주인은 어디로 전화를 하기 시작했는데 오열은 옆에 있어도 알아듣지 못하는 말이 대부분이었다.

메탈사이퍼로 각성한 지도 얼마 되지 않았고 몬스터 사냥도 이제 겨우 3개월 해봤다. 당연히 아는 것보다 모르는 것이 더 많았다.

"후후, 조금 기다리면 가지고 올 것입니다."

오열은 그런 기구가 있다는 것을 알고서 기뻤다.

힐러 없이도 어쩌면 솔플을 할 수 있을지 모른다. 그게 안 되더라도 하급 몬스터의 경우에는 사냥을 하다가 안 되면 충분히 도망칠 자신이 있었다.

새로 산 메탈아머에 달린 부스터는 켜자마자 작동이 되니까 말이다.

한참 후에 장비가 도착했다.

작은 상자에 담긴 기계는 스마트폰 배터리처럼 생겼다.

오열은 보면서도 웃음이 저절로 나왔다. 이렇게 작은 물건이 5억이나 하다니.

생긴 것으로 봐서 원리도 간단한 것 같았다. 사실 복잡할 이유도 없었다.

휴대용 부탄가스처럼 연결만 하면 되는 것이다.

마정석에 있는 카오스에너지를 장비를 복구하는 데 필요한 에너지로 바꿔주기만 하면 되는 것이다.

이미 이런 기술은 400년 전에 나왔다. 다만 메탈 드워프가 간단하게 마정석의 에너지를 변환할 수 있도록 손을 본 것에 지나지 않는다.

그런데 5억이나 한다.

문제는 그들이 아니면 아무도 만들지 못한다는 데 있었다.

이제 무기를 정부 보급품에서 새로운 것으로 바꿨으니 일반 격수의 평균치에 80%의 타격치가 나온다. 그리고 전사의 파워를 얻었으니 84.7%, 게다가 무기 자체의 능력은 당연 최고다.

중급 던전을 사냥하는 레이드팀에서도 가장 좋은 무기를

구입했으니까.

그러니 이전보다는 더 높은 타격치가 나올 것이 분명했다.

게다가 메탈아머의 자체 방어력은 무시무시하다.

하지만 아무리 방어력이 좋다고 해도 장비 하나로만 버틸 수는 없다. 몬스터가 혹시라도 몰린다면 바로 사망이기 때문이다.

'아, 골치 아프네.'

오열이 이마를 찌푸리니 주인이 웃으며 안쪽에서 메탈아머를 하나 가져온다.

"이게 아직 수리를 하지 않은 아머이네."

그가 메탈아머를 보여주었다.

아머의 눈금이 1이었다.

눈금이 1 이하로는 잘 내려가지 않는다.

1 이하로 내려가는 것은 파손을 의미하기 때문이다.

그래서 1이 될 때에는 몬스터의 공격이 직접 능력자에게 충격이 오게 된다.

아머의 남은 방어력 수치는 1,000HP였다.

주인이 기구를 연결하자 눈금이 천천히 움직였다.

수치가 모두 차는 데는 30분 정도 걸렸다. 10,000HP가 차는데 걸린 시간이다.

그렇다면 오열이 가진 메탈아머의 HP는 71,000이다.

모두 HP수치가 회복되는 데 걸리는 시간은 3시간 반이 넘게 걸린다는 것이다.

'실전에서 사용하기는 애매하군.'

물론 파티 사냥에는 유용할 수 있다. 뒤로 물러나 조금 쉬면되니까 말이다.

"충전이 너무 느리네요."

"하하, 그런 면이 없지는 않지만 없는 것보다야 낫지 않겠습니까?"

상점 주인의 말대로 없는 것보다야 낫다. 그러나 5억이나 주고 사는 것치고는 효과가 별로였다.

어차피 오늘은 구경하러 나왔으니 서두를 필요가 없었다.

"너무 느려요. 조금 빨랐으면 좋겠습니다."

"끙. 까다로운 손님이시구만. 알았네, 한번 알아보겠네. 전화번호 하나 남기고 가구려."

주인은 오열이 친해졌다고 느꼈는지 조금씩 말을 놓고 있었다.

오열은 주인이 주는 명함을 받았다.

이름이 양동건이었다.

오열은 능글맞게 계속 가게에 남아 이것저것을 물어보았다.

양동건 사장과 이야기를 하다 보니 자신이 이쪽 세계에 얼마나 무지한지가 금방 알 수 있었다.

오열은 일단 집으로 돌아왔다.

충전기가 있다는 것 하나만으로 희망적이었다.

몬스터 사냥을 하지 못한다는 것이 조금 불편하기는 했지
만 이것저것 알아보느라 오열은 무척이나 바쁘게 지냈다.

'그냥 괜찮은 에너지소드 하나만 얻었으면 바로 파티 사냥
에 참가하는 것인데. 너무 많이 먹어도 탈이군!'

오열은 웃으며 손을 비볐다.

심심하기는 심심했다.

아직까지 이사철이 왜 던전에서 레이드를 가자고 했고 정
작 본인은 그곳에 오지 않았는지 모른다.

사실 이런 레이드는 길드에서도 극소수의 사람들만 아는
내용들이다.

PMC가 있기 때문에 능력자들끼리 싸울 수는 없다.

하지만 레이드가 끝난 뒤 레이드에 참여하지 않은 사람이
마정석이나 부산물을 먹고 튀는 사건이 생길 수 있기 때문에
레이드 구경은 금기에 속하는 내용이었다. 오열은 그 사실을
나중에야 알았다.

오열은 고민이었다.

연금술로 비전서를 만들려고 해도 재료가 부족했다. 그렇
다고 구입하기엔 너무 아까웠다.

직접 몬스터 사냥을 해서 얻는 것이 더 편했다. 하지만 혼자서 사냥할 수는 없고 이사철이 있는 그 파티에 참여하기는 솔직히 껄끄러웠다.

물론 예전의 장비와 같은 것이나, 비슷한 장비를 구입하여 참여할 수는 있다.

그러자면 쓸데없는 비용을 지출해야 한다.

'젠장, 이래도 문제 저래도 문제네.'

오열은 머리를 감싸며 괴로워했다.

비전서가 성공을 하지 않았다면 몰라도 성공해서 능력치가 4.7P나 올랐는데 안 할 수는 없었다.

"휴, 일단 시간을 가지며 생각을 해보자. 어차피…… 파티장에게 한동안 사냥을 할 수 없다고 했으니까 말이다."

한여름 밤이 그렇게 지나갔다.

오열은 밤마다 고민을 하며, 상상을 하며 뜬눈으로 지냈다. 그러다 지치면 잠이 들었다.

그렇게 며칠 고민을 하다가 오열은 충무로에 가서 예전의 물건에서 조금 나아진 에너지소드를 하나 샀다.

정부 보급품이었던 메탈아머는 수리해서 한동안 쓰기로 했다.

메탈 아머는 완파되는 일은 거의 없다.

완파가 된다는 것은 능력자의 죽음을 뜻하니까 말이다. 죽지 않았으니 수리해서 쓸 수는 있다. 그런데 수리비가 5천만 원이 넘게 나왔다.

"이런 허접한 것을 고치려고 5천만 원이나 투자하다니, 젠장!"

오열은 씁쓸하게 웃었다. 예전 장비를 하고 다시 파티에 참여하여 이사철에게 물어봐야 한다. 그날 왜 나오지 않았느냐고?

돈은 아까웠지만 이렇게 해야 나중에 뒤탈이 생기지 않을 것이라는 것을 비로소 깨달은 것이다.

*　　　*　　　*

오열은 파티원이 있는 곳이 점점 가까워질수록 마음이 무거워졌다.

2주일 만에 다시 파티 사냥에 합류한 것이다. 모두 반갑게 인사를 하고 사냥 장소로 떠났다.

이사철이 다가와 말했다.

"야, 걱정했잖아. 어떻게 된 거야?"

"뭘?"

"15일 전에 왜 전화 안 받았어?"

"아, 배터리가 나갔었나 봐요. 그곳에 갔었어요?"

"아, 나 마침 그날 외국에서 친척이 온다고 해서 약속을 못 지킬 것 같아서 전화를 했더니 안 받더라고."

"아, 난 그날 죽다 살았어요."

"왜?"

"전날 상한 음식을 먹어서 배탈이 나서 화장실을 하루에 12번도 더 갔어요. 똥구멍이 찢어지는 줄 알았어요."

"뭐? 푸하하하. 저리 가라. 더럽다."

오열은 이사철의 말에도 얼굴 표정 하나 바꾸지 않고 묵묵히 나갔다.

하지만 가슴은 콩닥콩닥 뛰었다.

자신의 거짓말이 들키지 않을까 하고 말이다. 다행히 이사철은 자신의 거짓말을 믿는 것 같았다.

'휴우, 이제 되었군. 적당히 사냥해서 재료를 모으면 다시 비전서를 만들어야겠다.'

몬스터 사냥을 하면 할수록 조금씩 중독이 되어 가고 있었다.

힐러도 있으니 위험은 거의 없고 몬스터를 상대하는 스릴과 긴장감은 묘한 쾌락과 즐거움을 가져다준 것이다.

이를 사람들은 사냥중독증이라고 했다.

마약중독증, 섹스중독증, 알콜중독증과 함께 신종 중독증의 하나로 꼽혔다.

몬스터 사냥꾼.

죽음을 대면한 자들로 불리는 그들은 몬스터 사냥이야말로 능력자들의 새로운 유희이자 부를 거머쥘 수 있는 신종 직업이다.

"자, 오늘 막내도 왔으니 하니 신나게 사냥을 해볼까?"

"좋죠. 렛츠 고!"

문창식의 말에 모두 신나게 사냥터로 향했다.

사냥 장소는 예전보다 조금 안쪽으로 들어갔다.

소규모 파티라 조심스럽게 사냥하다 보니 진도가 느렸던 것이다.

스르륵 스르륵.

뭔가가 움직이는 소리가 들렸다. 지면은 조금 축축했고 사면은 안개로 가득했다.

앞을 보지 못할 정도는 아니었지만 조심해야 될 것 같아 오열은 검을 빼어 들었다. 파티원 모두 조심스럽게 앞으로 나아갔다.

치익.

거대 늪거미 떼가 눈앞에 나타났다.

일명 타라콘이라 불리는 이 거미는 독은 없지만 군집 생활을 한다.

그래서 사냥하기가 쉽지 않았다. 방법은 무리와 따로 떨어진 타라콘을 유인해서 한 마리씩 잡는 것이다.

이렇게 사냥하면 하루에 많은 몬스터를 사냥할 수 있다.

왜냐하면 이 몬스터는 생체에너지가 많지 않아 쉽게 죽었기 때문이다.

"몰리지 않게 잘 유인해와."

"걱정하지 마세요."

조철수가 앞으로 나가 따로 떨어진 거미 두 마리를 유인해 왔다.

"좋았어. 이제 시작이다."

이사철이 신나게 소리를 질렀다. 그의 소리가 늪지대 멀리 퍼져 나갔다.

스스스스. 사그락사그락.

"조심해."

일부 호전적인 속성을 가진 몬스터는 작은 소리에도 예민하게 반응하여 사람을 공격을 해온다.

문창식의 말에 이사철이 목을 움츠렸다.

몬스터는 징그러웠다.

갈색의 몸체에 보기 흉한 털이 온몸을 뒤덮고 있었다. 징그러운 모습이라서 그런지 힐러 정미영이 다른 곳을 보고 있었다.

'흐음, 자기도 여자라는 것인가?'

오열은 정미영을 바라보고는 미소를 지었다. 도도하긴 하지만 예쁘긴 예뻤다.

오열은 자기와 상관없는 여자의 외모나 성격에는 관심이 없었다.

여자라는 것들의 속내를 알게 되었으니 말이다.

돈 없는 남자, 키 작은 남자는 남자로도 보지 않는다는 것을!

여자에게 차이고 나서 너무나 잘 알게 되었다.

이제는 예전처럼 외모에 속아 마음을 주는 일 따위는 없을 것이다.

거미 두 마리의 어그로를 탱커가 무사히 끌자 몬스터 사냥이 시작되었다.

긴 다리를 에너지소드로 잘라내자 암흑에너지가 조금씩 빠져나갔다.

생각보다 거미는 약했다.

오열은 검을 휘두르며 느낄 수 있었다. 오늘은 데미지가 제대로 들어가고 있다는 것을.

무기를 바꾸고 비전서로 근력과 민첩이 올라서인지 사냥하는 것이 즐거웠다.

손맛이 무척이나 좋았다.

검으로 몬스터를 공격하면 몬스터의 표피를 베는 그 감각이 손을 통해 뇌로 전달되면서 짜릿한 쾌감이 왔던 것이다.

이런 손맛 때문에 메탈사이퍼들은 사냥에 중독되는 것이다.

마침내 두 마리의 거미가 죽자 오열은 도축용 단검을 꺼내 사체를 분리하기 시작했다.

'오, 이거 굉장한데.'

거미의 가죽은 말랑말랑하면서도 부드러웠다.

표면에 난 털만 제거한다면 비단처럼 촉감이 좋을 것 같았다.

타라콘으로 불리는 거미는 가죽과 다리, 그리고 거미줄이 다였다. 그리고 소량의 거미의 이빨도 분리되었다.

흰색의 마정석 두 개.

두 마리를 사냥하는 데에 걸린 시간은 10여 분.

조심스럽게 사냥해도 꽤 벌 것 같았다.

"와우, 너 칼 잘 박히는 것 같더라. 어, 그러고 보니 칼이 바뀌었네."

"네, 그동안 모은 돈으로 바꿨어요."

오열은 PMC에서 구입한 드래곤나이트소드는 너무 좋아 사냥에 가져올 수가 없었다.

무려 에너지소드의 능력치가 124,000KP나 된다.

지금 들고 있는 에너지소드의 12,000KP와는 비교조차 안 된다.

사냥은 계속되었다.

똑같은 패턴의 방법으로 진행되었고 조철수가 유인에 지치면 이사철이 대신하는 것 외에는 별다른 것이 없었다.

파티는 몬스터를 처치하며 앞으로 나갔다.

앞으로 갈수록 나무가 굵어지면서 거미들의 출현이 뜸해졌다.

주위에는 적황색 바위가 듬성듬성 놓여 있었다.

"음, 여기는 우리도 처음이군."

주위가 음산한 기운으로 가득 차서 무엇인가 갑자기 튀어나올 것 같은 분위기였다.

그런 기분은 모두 느꼈는지 파티원은 뒤로 조금씩 물러나기 시작했다.

'헉!'

오열은 자신의 눈을 의심했다.

5미터에 이르는 거대 거미가 파티원을 노려보고 있었다.

표피는 검붉었으며 이빨은 강하고 단단해 보였다.

모두 손이 오른쪽 뒤로 가는 것을 보니 부스터를 켜는 모양이었다.

스컥 스컥.

거대 거미가 다가오고 있었다.

"뛰어!"

문창식의 말에 모두 뒤돌아 도망가기 시작했다.

스르르륵.

거대 거미가 다가왔다.

힐러 정미영 뒤로 쳐져 공격을 받는 것을 오열이 밀치고 대신 받았다.

컥.

단 한 대에 숨이 가빠오고 눈앞에 별이 번쩍였다.

다시 낫같이 생긴 거미의 다리가 날아왔다.

오열은 바닥으로 구르며 외쳤다.

딜러의 제1의무는 힐러를 보호하는 것이었다.

힐러는 너무 약했다. 동시에 힐러 없이 몬스터 사냥은 꿈도 꾸지 못한다.

"뛰어요!"

"그래도, 어떻게."

그사이 정미영이 준 힐이 들어와 상처가 치유되고 몸이 가벼워졌다.

"뛰어요. 이제 나도 별수 없어요. 어서!"

오열의 말에 정미영이 정신없이 뛰어갔다.

문창식이 그녀를 맞이했고 오열을 바라보았다. 몸놀림이 빨라지는 것을 보니 부스터가 작동한 것 같았다.

오열은 몸이 가벼워지는 것을 느끼고 뛰기 시작했다.

가방 안에 들어 있는 드래곤메탈아머를 착용하고 싶지만 시간이 없었다.

그거만 착용하면 저 정도 몬스터는 상대도 안 될 터인데.

뒤를 돌아 뛰기 시작했다.

비전서로 익힌 '전사의 파워'가 도움이 되었다.

근력과 민첩이 상승하여 뛰는 속도가 예전보다 훨씬 빨라졌던 것이다.

게다가 부스터마저 작동하니 몬스터와의 거리가 점점 멀어지기 시작했다.

간신히 파티원과 합류한 오열은 일행과 함께 쉬기 시작했다.

너무 뛰어서 하늘이 빙글빙글 돌았다.

바닥에 누워 있는데 정미영이 힐을 넣어주었다. 그러자 피곤함과 호흡곤란이 순식간에 없어졌다.

"고마워요!"

정미영이 처음으로 오열에게 웃으며 말했다.

오열은 그 모습을 빤히 쳐다보자 정미영이 고개를 돌리고 자신의 자리로 돌아갔다.

남자들은 예쁜 여자에게 약하다.

여자를 믿지 않는 오열조차 예쁜 정미영의 얼굴을 보니 잠시 가슴이 설레었다.

'하여튼 예쁜 것들은 다 없어져야 해.'

삐뚤어진 성격의 오열은 차마 파티원인 정미영을 상대로 나쁜 생각을 하기가 쑥스러워 그렇게 생각하고 말았다.

어차피 저 도도한 힐러는 자신을 상대해 주지도 않을 것이다.

"그런데 그놈 우리가 사냥 못할까요?"

"너, 돌았냐? 5미터야, 5미터. 게다가 포스가 장난 아니잖아."

"하긴 준보스몹 정도는 되어 보이더라고."

"우리의 장비로는 무리야. 힐러도 한 명 더 있어야 하고 격수들도 보충해야 하고 말이지."

상수리나무 밑에서 쉬면서 파티원이 이야기를 나누었다.

파티 사냥을 하고 있는 이 팀도 장비가 그렇게 좋은 것은 아니다.

오열보다는 낫지만 던전 사냥을 할 수 있을 정도는 아니었다.

그래서 필드에서 죽도록 사냥을 해서 장비를 맞추면 그제 야 하급 던전으로 진출하게 된다.

일행은 거기서 더 사냥을 했다.

오후가 되어 파티 사냥을 마치고 나니 마정석과 부산물이

제법 많았다.

마정석과 몬스터의 부산물을 나누는데 사람들이 거미줄은 가져가기를 꺼려했다.

가져가 봐야 쓸데가 없었기 때문이다.

오열이 연금술사라는 직업 때문에 거미줄은 모두 그의 차지가 되었다.

오열도 가방에 거미줄을 집어넣으면서 이걸 가지고 뭘 할 수 있을까 아무리 생각을 해봐도 생각나는 것이 없었다.

그래도 주니 가방에 넣을 뿐이다.

그들의 말처럼 연금술사인 자신이 가지고 있다 보면 언젠가는 사용할 수 있는 날이 올 것이라고 생각하며.

사냥을 하고 집으로 돌아오니 몸이 나른했다.

거대 거미를 생각해 보니 던전에서 싸웠던 이투퍼스와 비교하면 어린애 수준에 불과했다.

힐러 한 명만 있다면 드래곤메탈아머를 착용하고 드래곤나이트소드를 들면 혼자서도 잡을 수 있을 것 같았다.

역시 몬스터 사냥은 장비 싸움이라는 말이 공공연하게 돌고 있는데 좋은 무기를 착용해 보니 그 말이 맞았다.

메탈아머나 에너지소드의 능력치가 10배 차이가 난다. 그러니 싸움이 되지 않는다.

오열은 오늘 사냥에서 모은 재료들을 지하 창고에 넣고 문을 잤다.

또 이렇게 몇 달 동안을 사냥해야 비전서 1개를 만들 수 있는 재료가 모인다.

재료들은 팔 때는 싼데 살 때는 비싸다.

왜냐하면 이런 재료를 모을 수 있는 도축사와 연금술사가 희귀했고, 또 매매의 회전률이 낮아 매매 차액이 커질 수밖에 없는 구조이기 때문이다.

그러니 사냥을 해서 모으는 것이 가장 싸게 먹히는 일이었다.

'조금 시간이 지나 돈을 조금 더 모으면 파티원의 재료를 사서 모아야겠다.'

오열은 TV를 보며 저녁을 먹었다.

이제는 제대로 갖춰놓고 밥을 먹으니 꿀맛이었다.

어떻게 세상에 몬스터가 생겨났는지 알 수는 없다.

몬스터를 연구하는 학자들의 말에 의하면 300년 전에 지구에 떨어진 유성과 관련이 있다고 한다.

몬스터의 추출물에서 나오는 성분을 분석해 보면 태초의 에너지인 카오스에너지가 다량으로 들어 있어 우주의 어떤 행성이 파괴되면서 은하계를 떠돌다가 지구로 온 것이라고 추측하였다.

빅뱅이론과는 다르지만 어쨌든 창조의 에너지가 다량 담

긴 혹성 하나가 파괴되었다는 것이 거의 정설에 가까웠다.

아직 학자들은 카오스에너지의 본질에 접근하지 못하고 있었다.

분화구에 직접 들어갈 수 있는 생명체가 없었으며 기계 역시 들어가자마자 10분이 지나면 녹아버리고 말았다.

단 하나 확실한 것은 지구에 무엇인가 일어났다는 것 외에는 밝혀진 것은 없었다.

어쩌면 정부와 학자들이 사실을 알고도 정보를 밝히지 않는 것일 수도 있었다.

오열은 오늘은 마정석을 3개나 분배받았다.

눈치를 보니 몬스터 사냥 시에 타격치가 조금만 더 나오면 분배량을 격수들하고 같이 줄 것 같았다.

하지만 돈을 모으고 실력을 키우는 데에 초점을 맞춰야 한다는 것을 그는 알았다. 그리고 이미 부자가 아닌가.

비전서를 만들어 능력치를 높이는 방법 외에는 몬스터 사냥에 도움이 되는 것은 없었다.

오열은 자신이 사냥에 참여해 몬스터 부산물이 늘자 크게 환영해 주는 파티원을 보고 역시 돈이 최고라는 것을 알았다.

오열은 틈틈이 연금술에 대해 연구했다.

연구를 안 할 수 없었다.

연금술은 돈이 너무 많이 들어가는 것이었기 때문이다.

지금 평생 먹고살 수 있는 돈이 있지만 연금술 몇 번 실패하면 순식간에 다 날아간다.

더 높은 상위 사냥터로 이동하고 싶다는 마음, 더 격렬하고 환상적으로 몬스터 사냥을 하고 싶다는 것이 솔직한 그의 심정이었다.

'다행이야, 그래도. 의심을 품지 않고 있는 것을 보니 나만 조심하면 이제 괜찮겠군. 그런데 그는 어떻게 그 정보를 알았을까?'

오열은 말없이 다시 한 번 장비를 꺼내 보았다.

섬세하고 격조 있는 무늬로 만들어진 장비는 정말 아름다웠다.

하루라도 빨리 사용하고 싶었지만 그럴 수가 없었다.

'이참에 외국이나 한번 나갔다 올까?'

오열은 별의별 생각이 다 들었지만 어쨌든 연금술사로 각성한 불리함을 극복할 무엇인가를 해야 했다.

하지만 시간은 느리게 갔고 초초한 마음이 지쳐 체념의 단계로 넘어갈 무렵 두 번째 비전서를 만들 재료가 모아졌다.

*   *   *

아쉽게도 두 번째 비전서는 실패로 끝이 났다.

오열은 침대에 누워 밀려드는 허탈감에 빠져 허우적거렸
다.

'아, 아쉽다.'

아무리 생각해도 아쉬웠다. 아니, 초심자의 행운이 너무 빨
리 지나간 것 같아 슬펐다.

한참을 침대에 누워 있다가 TV를 켰다.

여전히 TV는 오락프로그램이 대세였다.

과학과 문명이 발달하면 할수록 인간은 소외감을 느끼는
지 웃고 떠들고 하는 내용이 방송의 주류를 이루었다.

오열은 그런 프로그램을 좋아하지 않았다.

채널을 돌리자 뉴스가 나왔다.

화면 가득 아름다운 여자가 잡혔다.

정면은 아니고 스치듯 옆얼굴이 잡혔지만 정말 미인이었
다.

유재진 아나운서의 멘트가 이어지고 있었다.

—드디어 이영 공주가 오랜 유학생활을 마치고 귀국했습
니다. 왕실은 대변인을 통해 이영 공주가 이철 국왕을 배알하
고 난 뒤 그녀의 별궁인 '소춘원(小春園)'에 기거할 것이라고
합니다. 알려진 바와 같이 이영 공주는 14살부터 영국에서 유
학을 하였고 명문 옥스퍼드대학에서 정치경제학을 공부하였

습니다. 이영 공주는 차후 왕실재단에서 근무하게 될 것이라고 합니다.

오열은 TV에서 눈을 떼지 못했다.

공주가 너무 예뻤기 때문이다. 무슨 동화 속에서 툭 튀어나온 여주인공 같았다.

대한민국은 입헌군주제로 회귀한 지 오래되었다.

그것은 대한민국뿐만 아니라 상당수의 나라가 그러한 선택을 했다.

민주주의가 국민의 뜻을 대변하지 못하게 된 지가 오래되었다.

언론과 매스컴은 권력자와 재벌에 의해 왜곡되어 참정권이 침해를 받기 시작했다.

대통령을 뽑는 선거가 몇 차례 실패하자 국민들은 대통령제도에 회의를 가지기 시작했다.

국제투기자본과 신자유주의무역은 세상을 왜곡시켰다.

많은 기업과 부자들이 세금을 회피하기 위해 너무도 쉽게 국적을 바꾸자 각 국가는 본질적인 조치를 취하기 시작했다.

선진국을 중심으로 면세지역의 회사를 받아들이지 않기 시작한 것이다.

기업이 절세를 목적으로 페이퍼컴퍼니를 거치는 편법도

용납하지 않았다.

그렇게 되자 기업들은 정당한 세금을 내기 시작하면서 제대로 된 틀을 갖추기 시작했다.

그 무렵 지구에 수많은 유성이 날아왔다. 그리고 그 유성은 인류의 삶을 변화시켰다.

도처에서 출몰하는 몬스터의 위협으로부터 안전을 유지하기 위해서는 더 강력한 정부가 필요했던 것이다.

그래서 선출직 대통령의 한계를 예전부터 느끼고 왔던 몇몇 나라가 다시 왕정으로 복귀하게 되었다.

그 중심에는 영국령하에 있던 캐나다와 호주가 완전히 여왕의 편으로 돌아가면서 입헌국주제가 대세가 되어버린 것이다.

세상이 입헌군주제로 변했지만 그렇다고 모든 권력이 국왕에게 집중된 것은 아니었다.

국가는 개인의 소유가 될 수 없다.

왕정으로 복귀하되 권력의 핵심은 여전히 국민이 뽑은 총리나 수상에게 있었고 국민의 안전을 담보하는 분야는 국왕의 몫이 되었다.

물론 왕정이라고는 하지만 여러 안전장치가 마련되어 있어 국왕이라도 권력을 남용할 수 없었다.

오열은 왕정에 대해 호의적인 생각을 가지고 있다.

누구는 태어날 때부터 금테를 두르고 나왔냐는 반발심이 없는 것은 아니지만 사실 왕실의 자손으로 태어나는 것보다 재벌일가의 자식들로 태어나는 것이 훨씬 더 나았다.

왕실의 자손은 권력에 동반된 책임이 컸다.

반면 재벌들은 권력을 누리되 책임은 작았다.

외교와 국가안보도 국왕이 독립적으로 결정할 수 있는 것은 아니기에 나쁘게 말하면 국가의 안정을 위한 상징적 존재에 불과했다.

그러니 국민들이 왕정에 부정적인 생각을 가질 이유는 없었던 것이다.

초능력자들을 관리하는 PMC도 소속은 문화제청부이지만 실제로는 왕실산하에 속해 있는 것이라고 보는 것이 더 정확했다.

소속만 문화제청부에 있지 실질적인 관리와 감독은 왕실의 국가안전보장위원회이기 때문이다.

오열은 뛰어나게 아름다운 공주의 모습에 순간적으로 마음이 흔들린 것은 사실이지만 관심은 없었다.

연예인보다도 더 이루어질 수 없는 넘사벽이 왕실의 사람이다.

올라가지 못할 나무를 바라볼 정도로 오열은 사리가 없지 않았다.

다만 저렇게 예쁜 여자랑 사귀고 싶다는 생각만 잠시 했을 뿐이다.

'뭐 못할 것도 없지. 이제는 나도 부자잖아!'

수중에 돈이 있자 마음이 든든해졌다.

여자에 대한 부정적인 생각이 없어진 것은 아니었지만 본 능과 욕구는 줄어들지 않았다.

한창 때의 뜨거운 피가 자꾸만 예쁜 여자들을 힐끔거리게 만들었다.

그런데 막상 돈이 있으니 여자를 보는 눈이 더 조심스러워 졌다.

혹시 돈을 보고 접근한 것이 아닌가 하고 말이다.

오열은 끊임없이 흘러내리는 비를 창문으로 보며 생각에 잠겼다.

아까 본 이영 공주의 모습에 마음의 동요를 받은 것이다.

공주라니, 생각만 해도 너무 먼 별나라의 이야기 아닌가.

하지만 공주는 비현실적으로 예쁘게 생겼다.

외모가 청초하게 생겼고 몸은 가냘팠다.

긴 머리와 큰 눈, 가름한 얼굴, 오뚝한 코와 귀여운 입.

어느 것 하나 흠잡을 곳이 없었다. 그리고 남자들의 로망이 라는 가슴도 컸다.

'뭐, 내가 그렇지. 나도 속물인 주제에 누굴 비난할 자격이

있는 것은 아니지.'

오열은 진흙탕이 된 마당을 바라보았다.

서울 근교의 집을 샀는데 싼 집을 사다 보니 정원이 엉망이었다.

아직 돈을 쓰는 법을 잘 모르고 있기에 일단 아끼고 보자는 심사였다.

"아, 미치겠네!"

6억이라는 돈이 날아갔으니 오열은 화가 났다. 그리고 오기도 났다.

마음으로는 '안 돼, 참아야 해' 하고 다잡아도 몸이 움찔움찔해졌다.

이런 것 때문에 연금술사가 망캐라고 불리는 것이다.

도박하고 똑같았다.

오열은 다시 재료를 모으고 부족한 재료는 구입했다.

6번의 시도가 모두 실패로 끝났다.

현금으로 남은 돈은 달랑 2억뿐이었고 마정석도 비전서를 만드는 데 들어가서 많이 소모가 되었다.

"하아~ 내가 미쳤었지."

오열은 지하에 있는 남은 실험 재료들을 보며 땅이 꺼져라 한숨을 내쉬었다.

처음 성공이 결국 문제였다.

4.7P의 근력과 민첩함이 증가한 것이야말로 망조가 든 것이다.

오열은 실험장 바닥에 쓰러져 말없이 누워 있었다.

뺨에 눈물이 주르르 흘러내린다.

왜 그랬을까, 아무리 후회를 해보아도 이미 늦었다.

이제 남은 것은 마정석뿐이었다.

이것을 팔아 생활비를 하고 더 이상 연금술 실험을 하지 않겠다고 결심을 했다.

'절대로 연금술을 하지 않을 거야!'

1년간 몬스터 사냥으로 돈은 많이 벌었지만 그것이 모두 실험으로 사라졌다.

역시나 연금술사는 최고의 망캐였다.

연금술의 성공 법칙을 연구하려고 했던 애초의 의도도 잊어먹었다.

최고의 무기와 방어구가 있으니 가볍게 질러보자 하는 심사였는데 그것이 모두 실패로 끝난 것이다.

지잉.

핸드폰이 울리자 오열은 전화를 받았다.

"네, 이오열입니다."

[안녕하세요. 여기는 PMC입니다. 전화 통화가 가능하신가요?]

"아, 네. 말씀하세요."

오열은 방금 끝난 6번째의 실험이 실패로 끝나 짜증이 났지만 다른 곳도 아니고 PMC라 전화를 얌전하게 받을 수밖에 없었다.

능력자에게 가장 강력한 영향력을 가진 곳이 바로 이 PMC이기 때문이다.

[이오열 님은 저희 대외봉사팀의 판단에 의하면 새로운 세계를 경험할 수 있는 기회를 드리고자 합니다. 빠른 시일 내에 저희 센터를 방문해 주시기를 바랍니다.]

"새로운 세계요?"

[전화상으로는 말씀드릴 수 없습니다. 언제든 한 번 들려주시면 저희가 직접 뵙고 말씀드리겠습니다.]

"아, 네."

오열은 전화를 끊고 일어섰다.

'새로운 세상이라?'

아무리 생각해도 새로운 세상이 무엇인지 알 수 없었다.

가서 알아보는 것 외에는.

오열은 일찍 잤다.

다음 날 아침에 일찍 눈이 떠졌어도 괜히 속이 쓰라렸다.

한동안 아무것도 하지 않고 침대에 누워 있었다.

어디다가 이 억울한 마음을 하소연할 수도 없었다.

같은 파티원에게 말을 해도 그 많은 돈이 어디서 났냐고 물으면 대답할 수가 없기 때문이다.

아침을 먹고 마당에 나갔다.

밤새 내린 비로 인해 땅이 질척였다.

신발에 흙이 묻었고 차까지 가는 내내 길이 좋지 않았다.

정원은 황량한 마당에 나무 몇 그루만이 쓸쓸하게 있었다.

그 모습이 자신 같아서 오열은 더 비참한 마음이 되었다.

오늘은 몬스터 사냥이 있는 날.

나날이 몬스터의 숫자가 줄어들고 있었다.

그래서 마지막 피치를 올리는 듯 모든 길드에서는 몬스터 사냥에 힘을 집중하고 있었다.

"하이, 어서 와."

이사철이 오열은 반갑게 맞이했다. 힐러인 정미영 씨도 나왔다.

"반가워요."

"어서 와요."

파티장인 탱커 문창식이 왔지만 분위기는 좋지 않았다.

사냥할 몬스터의 숫자가 줄어들었기 때문이다. 그만큼 수입이 줄어들고 있는 것이었다.

"오늘은 좀 잡히려나?"

이사철이 혼잣말을 하자 다른 파티원도 고개를 끄덕였다.

2시간이나 걸은 다음에야 몬스터 한 마리를 사냥하고 점심을 먹었다.

"요즘 정말 몬스터가 안 보이네요."

"한동안 안 보일 거야. 돈 아껴 써."

"왜요?"

문창식이 이사철의 말에 씁쓸하게 웃으며 말했다.

"학계에서 곧 몬스터가 사라질 거래."

"네, 그게 무슨 말이에요?"

"몬스터는 일정한 주기를 따라 사라졌다가 다시 나타나곤 했어. 그동안 몬스터가 많았던 것은 이번 주기가 끝나가고 있기 때문이었지."

"아니, 뭐 그런 말도 안 되는 일이 왜 일어나요?"

"몬스터 인류학자인 RA.토렌도에 의하면, 몬스터는 사라졌다가 다시 나타날 때마다 능력이 향상되어 나타난다고 해. 그런데 그게 언제인지 알 수가 없어. 한 달 후일지 아니면 10년 후일지. 그러니 돈 아껴 쓰라고 하는 거야."

오열은 문창식의 말에 심장이 덜컥하고 떨어지는 충격을 받았다.

그동안 쏟아부은 돈이 모두 뻘짓이 되고 만 것이다.

비전서 작업이 성공했다 하더라도 빠른 시일 내에 몬스터가 나오지 않으면 바보짓이 되고 마는 것이다.

'젠장, 미치겠네.'

오열은 현금 30억이 넘는 돈을 비전서를 만드는 데 낭비한 것이 너무 억울했다.

몬스터 사냥에 더 효율적으로 하기 위해 비전서 작업을 했다.

그런데 잡아야 할 몬스터가 하루가 다르게 줄어들고 있었다.

"창식이 형님, 혹시 PMC에서 전화 안 받으셨어요?"

"무슨 말이야?"

"새로운 세계 어쩌고 하던데요. 그리고 한번 PMC에 들리라는데요."

"흐음, 그거 아마도 새로 발견된 혹성에 대해서 이야기할 거야."

"그게 무슨 말이에요?"

"20년 전에 우리나라와 일본, 중국, 그리고 미국의 연합으로 우주선을 띄웠어. 그런데 기체 고장으로 표류하다가 최근에 통신이 온 거야."

"그래요?"

"아마 지구와 굉장히 유사한 행성을 발견했나 봐. 그 행성에는 몬스터와 광물 등이 굉장히 많았고. 나에게도 한 달 전에 연락이 왔었는데 안 갔었지."

"왜요?"

"그거 돈이 좀 들 거야. 무기를 업그레이드하기 바빠 돈을 모을 시간이 없었거든. 이제 거기라도 알아봐야 할 것 같아."

"그래요?"

"어, 그런데 왜 나에게는 연락이 안 왔지?"

"나도 안 왔는데……."

파티원 중에서는 PMC에 연락을 받은 사람은 탱커 문창식, 힐러 정미영, 그리고 이오열뿐이었다.

오열은 무엇인가 지구에 일어나는 것을 깨달았다.

그제 파티 사냥에서는 8마리의 몬스터를 잡았는데 오늘은 달랑 2마리뿐이었다.

몬스터 사냥꾼의 돈줄이 점점 말라가고 있다.

긴축재정을 부득불 펼쳐야 할 시련의 시간이 다가왔고 몬스터의 부산물에 의존하던 산업은 큰 타격을 받을 것이다.

왜 이런 일이 발생하는지는 알 수 없다.

아니, 몬스터의 출몰 자체가 이해할 수 있는 일이 아니다.

그러니 지금의 상황을 설명해 줄 그 어떠한 것도 어쩌면 필요 없는지도 모른다.

오히려 이렇게 조용한 사회가 이상했다.

TV와 매스컴이 몬스터에 대해 침묵하고 있는 것이 말이다.

오열은 사냥을 마치고 집으로 돌아와 망연하게 소파에 앉아 있었다.

도대체 뭐가 어떻게 돌아가는지 도무지 알 수가 없었다.

*   *   *

세상이 빠르게 변하고 있었다.

몬스터가 지상에서 점차적으로 사라지고 있다. 따라서 몬스터와 관련된 경제는 위축될 것이고 경기불황이 찾아오면 서민들의 삶은 더 팍팍해질 것이다.

몬스터는 인류의 안전을 위협하는 존재이면서 문명을 지탱하는 동력원이었다.

그동안 인간을 사냥하는 몬스터의 종류가 많지 않았다.

하지만 몬스터가 업그레이드되어 새롭게 나타난다면 어떻게 변할지 모르는 일이다. 그래서 관련 기관은 초긴장 상태였다.

몬스터를 담당하는 국가안전위원회는 최고 비상 상태로 돌입했다.

매일 야근에 밤샘이 계속되었다.

국가안전위원회의 기획전략팀의 남하성 팀장은 날마다 밤을 새며 대책을 마련하는 데 여념이 없었다.

새로운 행성에서 아바타를 만드는 일이 모두 그의 책임하에 있었다.

몬스터가 처음 나타났을 때에는 총과 열화무기에 가볍게 죽었던 몬스터가 두 번째 나타났을 때에는 군부대가 출동해야 퇴치가 되었다.

그리고 지금은 3기, 즉 3번째 몬스터가 나타난 시기에는 다행스럽게도 인간들 사이에서 초능력자가 나타나 대처하기가 용이했다.

하지만 4기는 어떻게 될지 아무도 모른다.

여전히 유성이 만든 분화구가 비밀을 품고 있지만 어느 누구도 그곳을 직접 들어가서 조사할 수는 없다.

새롭게 발견된 행성 R0178567은 그나마 인류의 미래를 유지시켜 줄 대안으로 떠오르고 있다.

우주에서 20년간을 표류했던 우주 함선 지니어스 23이 마침내 새로운 행성을 찾아낸 것이다.

그리고 그 행성이 지구와 아주 비슷한 환경을 가지고 있으며 지구에 나타난 동일한 몬스터가 있다는 것은 학자들에게는 엄청난 희소식이었다.

43광년 떨어진 이 행성은 여러 모로 유용한 정보를 주고 있다.

정부기관에서 일하는 몬스터 학자들은 이 행성의 일부 또는 쌍둥이 행성 중 하나가 원인을 알 수 없는 이유로 폭발하여 떠돌다가 지구로 떨어진 것이라 추정하고 있었다.

지구로부터 43광년 떨어져 있는 행성 R0178567는 지구의 미래라고 할 수 있었다.

이 행성의 비밀을 밝혀낸다면 몬스터를 박멸할 수 있을 것이라는 학설이 지금 가장 힘을 받고 있다.

지니어스 23이 이 행성을 은밀하게 조사한 지 5년이 지났다.

메탈 드워프의 노력으로 이 행성에 아바타를 만들 수 있게 되었고 물건을 옮길 수 있는 워프진도 건설되었다.

우주 함선 지니어스 23에서 아바타를 만들어 이 행성에서 자원을 채취하여 그것을 지구로 옮길 수 있게 된 것이다.

하지만 행성 R0178567이 가장 중요한 것은 지구에 끊임없이 나타나는 몬스터에 대한 가장 정확한 정보를 줄 수 있다는 점이다.

우주의 생성과 확장에 단서를 제공해 줄 이 행성에 대해 인류는 큰 기대를 걸고 있었다.

그래서 보다 많은 능력자에게 이 새로운 행성에 대한 탐사를 허락하기로 결정한 것이다.

회의실에는 수십 명의 사람이 가득 자리를 채우고 있었다.

남하성 팀장이 물었다.

"새로운 아바타 사업은 어떤가?"

"아직까지 메탈사이퍼들의 관심이 적습니다."

"그래? 그러면 능력자들 사이에 은근히 소문을 흘리라고. 그리고 이제 몬스터가 사라지고 있으니까 일자리를 잃은 능력자들이 몰려들 거야. 한꺼번에 몰려들지 않도록 조취를 취하고."

"하지만 팀장님, 아바타를 만드는 데 들어가는 비용이 문제입니다."

"무슨 비용? 그것은 국가에서 대주잖나?"

"보급형으로 만들어진 아바타의 능력은 매우 약합니다. 그 행성에서 살아남으려면 더 좋은 장비가 필수적입니다. 그러니 이에 대한 대책을 마련해야 합니다."

"그것은 이 과장과 박 대리가 맡아서 처리하도록 해."

"네."

새로운 행성에 아바타를 파견하는 작업은 지지부진하였다.

아바타를 만들어 몬스터 사냥을 할 수 있으려면 장비를 지구에서 만들어 보내야 하는데 그 비용이 만만찮았다.

엄청난 에너지를 소비하는 워프진은 그런 면에 있어서 최대의 약점이었다.

"그 행성에서 에너지 자원을 채취를 해야 워프진의 가동 단가를 떨어뜨릴 수 있는데 말이야. 흠, 생산직에 종사하는 능력자들에게 연락은 했나?"

"그게 좀 그렇습니다. 일반적으로 생산직 능력자들은 대부분 가난합니다. 그래서 새로운 행성에서 버틸 수 없을 것입니다."

"그들에게는 워프진을 가동할 때 국가보조금을 지불하도록 하라고."

"알겠습니다."

국가안전위원회의 기획실은 매일같이 회의가 계속되었다.

회의를 하고 조사하고 능력자들에게 연락을 한 것을 보고받고 다시 분석하는 작업이 하루가 다르게 진행되었다.

이철 국왕은 몬스터에 대한 보고를 받고 있었다.

국가의 안보를 책임지는 그에게는 몬스터는 가장 중요한 사안 중 하나였다.

그는 초대 국왕인 이삼영이 국민에 의해 왕으로 선출된 이후 제3대 왕이지만 무난하게 국왕의 직무를 수행하고 있어 국민들로부터 신망이 두터웠다.

국민 위에 군림하지만 국민에 의해 늘 감시를 받는 위치가 왕의 자리였다.

"그래, 어떻게 되고 있는가?"

"학자들 간에 의견이 분분합니다. 다만 만약 다시 몬스터가 나타난다면 더 강한 놈일 것이라는 데에는 이견이 없습니다."

"미국이나 일본, 그리고 중국의 반응은 어떤가?"

"미국과 중국은 아직 몬스터의 활동이 활발한 상태입니다. 하지만 일본은 우리나라와 비슷한 상황이라 거기도 대책 마련으로 정신이 없습니다."

"그 새로 발견된 행성에서 아바타를 만드는 일은 어떤가?"

"아바타를 만드는 일은 차질없이 진행되고 있습니다. 하나의 우주 함선이라 하더라도 각 나라마다 별도의 공간으로 구획이 나눠져 있기 때문에…… 다만 워프진은 같이 사용하고 있으므로 각국이 의견을 조율해야 합니다."

"알겠습니다. 최선을 다해 주십시오."

국가안전위원회의 의장 박대섭 대장은 이철 국왕에게 보고를 하고 나서 이마에서 떨어지는 땀을 손수건을 꺼내 닦았다.

몬스터가 나타나면서 인류는 계속 위험에 직면했다.

문제는 몬스터의 기원을 찾지 못하는 데 있었다.

앞으로 메탈 드워프들이 더 강력한 무기를 만들어낼 것이고 새로운 세계에 대한 탐사도 시도될 것이다.

인류는 새로운 우주 항해 시대에 놓여 있었다.

'그 행성에 대한 정보와 자원을 얻는 나라가 새로운 강대국이 될 것이다.'

박대섭은 입술을 깨물었다.

세계의 강대국이 주도하는 우주 시대는 새로운 패러다임을 요구했다.

우주 함선 지니어스 23호에 한국이 참가한 것은 천운이었다.

그만큼 한국의 위상이 올라간 것도 영향을 미쳤지만 강대국 사이의 역학 관계가 중요했다.

지구는 300년 전의 모습과 룰을 그대로 인정하고 있었다.

다른 나라를 정복하거나 빼앗는 것은 무의미하였다.

과학과 문화가 뒤쳐졌을 때에는 식민지가 의미 있었지 현대는 아니었다.

경제적으로 문화적으로 착취는 얼마든지 가능했기에 군사적 행동은 지난 300년 동안 한 번도 없었다.

하지만 평온한 나날들 속에서도 각 국가는 안심할 수 없었다.

방심하는 한순간에 국가의 주권과 국민의 행복이 한순간에 날아갈 수 있기 때문이다.

그는 자신의 사무실로 가면서 새로운 행성에서 단서가 잡히기를 간절히 원했다.

4장

아바타

오열은 며칠 쉬다가 PMC에 갔다.

이제 사냥은 더 할 수 없어졌기 때문이다.

몇몇 던전을 가진 길드만이 사냥을 계속할 뿐 대부분의 능력자는 졸지에 실업자가 되어버렸다.

그러니 오열도 PMC에서 말한 새로운 세계에 관심이 생긴 것이다.

PMC에 도착해 직원의 안내를 받아 담당자를 만났다.

30대 후반으로 보이는 덩치가 큰 남자였다.

얼굴은 순하게 생겨서 귀여운 느낌마저 주고 있지만 덩치가 워낙 커서 쉽게 대할 수 없었다.

"어서 오십시오. 저는 조성오 대리입니다."

"반갑습니다. 이오열이라고 합니다."

오열은 조대리와 악수를 했다.

반달 모양의 눈이 웃자 그의 얼굴은 더욱 귀엽게 변했다.

"연락을 받으셨겠지만 지금부터 저와 나누는 이야기는 1급 비밀입니다. 이곳에서 나눈 이야기는 비밀을 지켜주셔야 합니다."

"아, 네. 당연하죠. 그런데 무슨 일인데 그러죠?"

"지구에 몬스터가 출몰한 것은 얼마 되지 않습니다. 불과 150년 조금 넘었습니다. 그 기간 동안 몬스터는 도합 3번의 업그레이드가 되어 나타났습니다. 그리고 이제는 4번째 주기를 맞이하고 있습니다."

"네, 그렇군요."

오열이 차분하게 이야기를 듣자 조성오 대리가 허리를 세우고 조금 적극적으로 설명하기 시작하였다.

"새로운 행성이 발견되었습니다. 그리고 그곳은 지구와 매우 유사한 환경을 가졌습니다."

"……그런데요?"

"그곳으로 갈 수 있습니다."

"네에……?"

"아, 물론 직접 가지는 못합니다."

조 대리의 말에 오열은 그러면 그렇지 하고 입을 다물었다.

아무리 과학이 발달했지만 수억 광년이 떨어진 곳을 인간이 그렇게 쉽게 갈 수는 없다. 아직까지의 과학기술로는 말이다.

"하지만 대리인을 만들어서 경험할 수는 있습니다."

"아, 아바타요?"

"네, 아바타입니다. 인간과 완벽하게 동화되는 아바타입니다. 다만 이 아바타를 움직이기 위해서는 메탈에너지를 다룰 줄 알아야 합니다."

"아!"

"물론 평범한 사람의 아바타도 가능하지만 의미가 없습니다."

"......?"

"그곳은 몬스터가 있는 곳입니다. 물론 인간도 있지만 말입니다."

"아~"

몬스터가 있는 곳에 평범한 사람의 아바타가 가면 가자마자 죽을 것이다.

그것은 자원낭비다.

"그런데 저는 연금술사입니다. 몬스터를 만난다고 하더라도 전투력이 딸립니다."

"생산직 능력자들은 몬스터를 상대하기보다는 자원 채취에 중점을 두고 있습니다."

"아, 그렇군요."

오열은 조성오 대리의 설명에 고개를 끄덕였다.

물건을 옮길 수 있다면 당연히 자원을 제일 먼저 옮기려고 할 것이다.

몬스터가 사라지고 있는 이때에 가장 필요한 것은 새로운 자원을 발견하는 일이었다.

"그곳은 에너지스톤이 많습니다. 지구와 비교하면 아주아주 많이요."

"흐음, 어떻게 해야 하죠?"

오열은 소파에 앉은 허리를 뒤로 뺐다.

관심을 표현해도 언제든지 한발을 뺄 수 있다는 보디랭귀지였다.

그 모습을 보고 조 대리가 긴장을 늦추지 않고 말을 이어갔다.

"가상현실게임을 하시죠?"

"네, 가끔요."

"그거와는 비슷하면서도 다릅니다. 가상현실게임은 프로그램에 의해 만들어진 가상의 공간입니다. 하지만 그곳은 진짜 세계입니다. 아바타야 죽어도 본체의 데미지는 없지만 그곳에서 사람을 죽인다면 그것은 살인이 됩니다. 그리고 거기서 채취되는 자원 역시 가상이 아니라 실제로 존재하는 것이지요."

"흐음, 그렇군요."

오열은 귀를 기우리면서도 한편으로는 맹렬히 생각을 하고 있었다.

몬스터 사냥이 없어진 이후 어떻게 해서든 능력자들은 이 새로운 세계로 가려고 할 것이다.

하지만 가는 조건이 어떻게 되느냐에 달려 있었다.

먼저 갈수록 좋다. 다만 조건이 문제였다.

"초기 비용은 무료입니다."

"정말입니까?"

"다만, 업그레이드가 가능합니다."

오열은 그러면 그렇지 하며 피식 웃었다.

처음 능력자로 각성한 사람에게 정부가 주는 무기와 장비는 오래 쓸 수 있는 것은 아니었다.

쓸 수는 있지만 그렇다고 효율적인 무기가 아니었다.

항상 새롭게 업그레이드를 해야 몬스터 사냥이 가능했다.

그것이 문제였다.

이 새로운 행성을 가는 데 돈이 많이 든다면 그것은 곤란하다.

비전서를 만드는 데 현금을 거의 소모했다.

고급 마정석은 그대로 남아 있지만 몬스터 사냥을 할 수 없게 된 지금은 시간이 갈수록 마정석의 가격이 급격히 올라가고 있었다.

지금 마정석을 파는 것은 어리석은 일이다.

"저희가 조사한 바에 의하면 최근에 많은 물품을 구입하셨더군요."

"아, 네."

"저희는 세금을 어느 정도 낸 사람들에 한해 연락을 한 것입니다. 즉, 어느 정도 능력이 되어야지요. 먼저 가면 위험도 크지만 그만큼 보상도 크니까요."

조성호 대리의 말에 오열이 고개를 끄덕였다.

당연한 말이었다.

하지만 그는 그곳에 가지 않아도 지구에서 평생 먹고살 돈이 있다.

아쉬울 것이 없다.

비록 현금은 아니지만 마정석은 현금이나 마찬가지니까.

가고 싶다는 마음과 가지 않고 싶다는 마음이 공평하게 공존했다.

그러니 조건이 오열에게 가장 중요했다.

"하하, 별로 안 끌리시는가 봅니다. 그러면 이것을 들으시면 의욕이 생기실 것입니다. 비록 돈이 많이 들지는 몰라도 가변형 아바타는 성장을 합니다."

"……?"

"아바타가 성장하면 본체도 성장한다는 말이지요."

"아～"

오열은 자신의 능력을 향상시키기 위해 30억을 투자하다가 몽땅 날렸다.

그런데 아바타가 성장하면 자신의 능력도 향상한다?

굉장히 매력적인 이야기였다. 그런데 그것이 어떻게 가능할까?

"그리고 그곳에서 연금술사와 메탈 드워프, 그리고 다른 기타 생산직들이 필요한 재료는 초기에 거의 무한에 가깝게 공급됩니다."

"그래요?"

"물론입니다. 장비를 옮기는 비용도 정부에서 부담할 것입니다. 다만 가변형 아바타는 선택이라 본인이 비용을 내셔야 합니다."

"그렇군요."

오열은 가변형 아바타를 만드는 데에 돈이 많이 들어갈 것이라고 생각했다.

비전서를 만드는 데 30억이 들었는데 아바타가 성장하면 본체가 강해진다는 것은 굉장한 것이었다.

"초기 비용의 일부를 정부가 부담할 것입니다. 그리고 가변형이 만약 파괴된다면 약간의 재료비만 받고 다시 1회에 한해서 만들어드리겠습니다."

조성호 대리의 말에 오열의 귀가 솔깃했다.

지금 이렇게 조건이 좋은 이유는 아직 나서는 사람들이 없어서일 것이다.

능력자 중에 일부는 편안한 삶을 선택할 것이다.

가진 돈으로 여행을 하고 취미생활을 즐기고. 그리고 일부는 모험을 선택할 것이다.

나중이 되면 조건은 나빠질 것이다.

어쩌면 아바타를 만드는 것마저도 힘들지 모른다.

오열이 마침내 입을 열었다.

"얼마죠?"

*　　*　　*

결국 오열은 아바타로 새로운 행성을 탐사하는 작업에 참여하기로 했다.

메탈사이퍼로서 언젠가 다시 몰려올 몬스터 주기가 걱정

되었기 때문이다.

능력자들은 자신들이 몬스터 사냥을 하고 있지 않는다 하더라도 불안전한 인류의 미래에 책임감을 가지고 있다.

그것은 PMC가 메탈사이퍼로 각성을 도와주면서 세뇌에 가까운 작업을 해놓았기 때문이다.

'능력자들은 인류의 미래이며, 인류의 안전을 책임져야 한다.'

세계 각국은 자국의 이익과 안전을 위해 막대한 비용을 들여 초능력자의 각성을 도와준다.

이 모든 비용이 국가가 부담하는 것이다.

당연히 사전에 철저한 교육을 해놓고 시작한다.

그렇지 않으면 엄청난 돈만 투자하고 열매는 얻지 못하는 먹튀가 발생할 것이기 때문이다.

오열은 집으로 돌아와 차분하게 생각해 보지 못하고 지른 것을 후회했지만 이미 계약서에 사인을 했기에 물리기도 힘들었다.

개인 간의 거래가 아닌 대한민국 정부와의 거래였다. 그리고 사실 돈이 아깝기는 해도 새로운 모험에 기대가 되는 것도 사실이었다.

메탈사이퍼들은 끊임없이 새로운 모험을 경험하고 싶어 한다.

힘이 있으면 쓰고 싶어지는 게 인간의 본성이기 때문이다.

오열은 이런 성향이 더 강했다.

그러기에 연금술사로 각성하자 비전서를 통해 자신의 능력을 올리려고 하지 않았는가.

"하아~ 주사위는 던져졌고, 이제 새로운 모험은 곧 시작될 것이다."

오열은 이 새로운 모험을 통해 많은 것을 얻을 생각이었다.

가변형 아바타를 통해 현실에서 자신의 능력을 끌어올릴 생각이다.

메탈사이퍼로서 능력치는 자신의 생존과 연관이 되는 것이기에 아주 예민한 문제였다.

이것은 모든 능력자의 본능이었다.

오열은 마정석을 처분하여 약속한 날짜에 PMC에 갔다.

마정석을 처분하면서 그는 무척이나 마음이 아팠다.

마정석을 거래하면서 손이 덜덜 떨리는 것을 억지로 참고 새로운 세계가 자신의 능력을 올려줄 것이라고 주문을 외웠다.

이제 그에게 남은 것은 보스 몬스터 이슬레온에게서 얻은 파란색의 마정석뿐이었다. 졸지에 갑부에서 거지로 전락하게 되었다.

차를 타고 가는 내내 한숨이 나왔다.

항상 미래는 불확실하고 현실은 절박한 법이다.

그래서 미래를 위해 준비하는 것이 인간에게는 쉽지 않은 법이다.

노후를 대비하는 것보다 자식 교육이나 근사한 연애에 투자하는 것이 바로 이런 심리의 발로이기도 하다.

"어서 오십시오."

아바타를 만드는 담당직원인 마동석 씨가 오열을 맞이하였다.

그는 직급이 대리지만 과장 대우다. 그만큼 이 아바타 관리처가 국가적으로 중요하다고 정부가 생각하고 있는 것이다.

"하하, 아바타를 만드는 작업은 의외로 간단합니다. 시간은 별로 걸리지 않습니다. 다만……."

"……?"

"아바타를 배양하는 데 시간이 많이 걸립니다."

"아, 그렇군요. ……그거야 어쩔 수 없죠."

오열은 마동석 대리의 지시에 따라 아바타를 만들었다.

둥그런 원형의 CT촬영기와 같은 기계에 10분 동안 들어갔다 나온 것이 다였다.

너무나 간단하여 오열은 허탈하기까지 했다. 그 모습을 보고 마동석이 피식 웃으며 말한다.

"이오열 씨, 원래 만드는 것은 쉽습니다."

"네?"

"원형이 있으면 복사하는 것은 아주 쉽습니다. 예를 들어 열쇠를 복사할 때 물렁한 고무판에 지그시 눌러만 줘도 열쇠는 그대로 카피됩니다. 현재의 과학기술은 거의 신의 영역에 접근하고 있습니다. 인간게놈지도나 골격구조는 이미 수백 년 전에 만들어졌습니다. 저희는 그 지도 위에 최첨단의 모형을 만들어놓았습니다. 그러니 스캔을 하면 뚝딱하고 아바타가 만들어집니다. 하지만 아바타는 안드로이드나 로봇이 아닙니다. 인체와 가장 유사한 형태로 만들어져야 조정하는데 어려움이 없습니다. 그 미세한 작업을 하는 것이 아바타의 배양 기간입니다. 즉 배양 기간이 길어질수록 인간과 유사해집니다."

"아, 그렇군요."

오열은 인체공학이나 로봇공학에 대해서는 아는 바가 없었다.

연금술사로 각성하면서 배운 것이 다였다.

다만 연금술사로 각성하면서 과학적 지식을 이해하는 것이 예전보다 쉬워졌을 뿐이다.

그러니 그는 연금술을 제외한 과학에는 지식이 일천하였다.

"얼마나 걸립니까?"

"일반 아바타는 한 달 정도면 배양이 끝나지만 가변형일 경우에는 그 배의 기간이 걸립니다."

"아, 네."

정부에서 지원해 주는 아바타는 1달이 아니라 일주일이면 된다.

1달이나 걸린다는 이야기를 한 이유는 배양실 때문이었다.

아바타를 조정할 유저의 신체를 스캔하여 행성 R0178567에 있는 우주 함선 지니어스 23에 보내면 그곳에서 작업이 진행된다.

그곳은 지구와 달리 많은 변수가 존재한다. 그래서 마동석 대리가 의도적으로 시간에 여유를 둔 것이다.

아바타를 만들고 난 지 일주일 후에 PMC에서 이루어지는 교육이 진행되었다.

무려 한 달 동안이나 합숙을 하며 훈련을 거쳐야 비로소 아바타의 주인이 된다.

오열이 강당에 도착하니 벌써 수십 명의 사람이 와 있었다.

서로 힐긋거리며 눈치를 보지만 모두 모르는 사이인 듯 어색한 침묵만 흘렀다.

시간이 지나면서 강당에는 사람들이 점점 늘어났다. 마침내 강당에 200명의 사람이 참석하게 되었다.

"안녕하슈. 이름이나 알고 지냅시다. 내 이름은 전동혁이라고 하우. 직업은 탱커요."

"아, 네. 안녕하세요. 제 이름은 이오열이라고 합니다. 직업은 연금술사입니다."

"호오, 연금술사라. 특이한 직업이시군요. 그것은 머리가 좋아야 하는 직업이라고 하던데요."

"뭐, 그렇지도 않습니다. 허당 망캐죠."

"하하하."

정동혁이 호탕하게 웃자 주변에서 그를 쳐다보는 사람이 많았지만 그는 그런 것에는 관심이 없는 듯 태연하기만 하였다.

딱 벌어진 어깨와 서글서글한 외모는 그의 성격을 잘 대변해 주고 있었다.

오열은 그와 이야기하며 시간을 보내고 있는데 마침내 PMC 측에서 사람이 나왔다.

"안녕하십니까? PMC의 아바타관리부 이동건 팀장이라고 합니다. 오늘부터 여러분은 새로운 혹성 R0178567, 즉 뉴비드 행성에 대해 배우게 될 것입니다. 오늘 제가 개론적으로 말씀드리는 것은 정말 주요한 것이라 여러분이 반드시 숙지하고 계셔야 합니다. 메탈사이퍼는 지구든 뉴비드 행성이든 어떠한 상황 속에서도 개인적인 대립이 있어서는 안 됩니다. 아시다시피 여러분이 조정할 아바타는 인간이 아니기에 언제든지 파괴될 수 있습니다. 본부에서 아바타를 직접 파괴하지 않는다 하더라도 접속이 차단될 수 있습니다. 무슨 말인지 아시겠습니까?'

이동건 팀장의 말에 사람들은 묵묵부답이었다.

처음 만나자마자 규칙을 안 지키면 언제든 자신의 아바타가 파괴될 수 있다고 말을 하는데 듣는 사람이 좋을 리가 없었다.

이동건이 말하는 내용은 언제든 제재가 가능하니 쓸데없는 수작을 부리면 안 된다는 것이었다.

사실 아바타는 가상현실게임과 유사한 부분이 많아서 아바타 조정자가 함부로 말썽을 부릴 여지가 많았다.

"여러분이 뉴비드 행성에 도착하면 그곳에서 몬스터와 자원에 대해서만 독립적인 활동이 허락될 것입니다. 그 행성에 존재하는 인간이나 유사인종과의 접촉을 막지는 않습니다. 하지만 그들의 삶에 관여해서는 안 됩니다. 그들의 문화와 역사에 관여하는 행위 자체는 불법입니다. 아울러 여러분이 그곳에서 별도의 모험을 원한다면 우리 PMC의 허락을 받아야합니다. 이는 UN의 결의문에 입각한 내용이므로 지구에서 파견되는 모든 메탈사이퍼에게 공통적으로 적용되는 내용입니다."

이동건이 UN까지 들먹이자 그제야 강당에 모인 사람들이 고개를 끄덕이며 수긍을 하기 시작한다.

철저한 통제가 없다면 메탈사이퍼들은 광폭해지기 쉽다.

메탈사이퍼들은 유전자 자체가 호전적인 성향이 강하기 때문이다.

그들의 피는 평범한 사람들보다 더 뜨겁고 외향적이다.

때문에 목숨을 잃을 수 있다는 것을 알면서도 몬스터 사냥에 기꺼이 동참하는 것이다.

PMC가 제공한 합숙소에서 오열은 한 달을 지내며 훈련을 받았다.

원리는 가상현실게임과 아주 유사하였다.

인간의 뇌파를 이용하여 아바타를 조정하는 것이다.

그 중간에 각인의 과정이 필요했다. 이 각인이 끝나면 아바타를 마치 자신의 몸의 일부처럼 자유롭게 조정할 수 있게 된다.

훈련을 마친 메탈사이퍼들이 하나둘 떠나고 오열은 혼자 남았다.

대부분의 능력자는 정부가 제공해 준 보급형 아바타를 선택했기 때문에 아바타가 빨리 만들어졌다.

드디어 3개월 만에 오열은 아바타가 만들어졌다는 연락을 받았다.

오열은 지난 3개월 동안 기대와 흥분 속에서 아바타를 기다렸다.

오열의 전 재산이 들어간 아바타였다.

훈련을 받는 동안 아바타를 조정할 유저들과 만나서 친해지기도 했다.

하지만 대부분의 메탈사이퍼는 연금술사인 오열을 무시하였다.

오열은 처음에 그것이 싫고 힘들었지만 곧 자신의 처지를 이해했다.

이전까진 좋은 사냥팀을 만나 별 어려움이 없었던 거지 사람들이 얼마나 생산직 능력자들을 무시하는지 뼈저리게 느낄 수 있었다.

오열은 앞으로 6개월 동안 PMC가 제공하는 공동주택에서 아바타를 접속해야 한다.

이는 보안과 관리를 위해서였다.

아직 정부의 능력이 한꺼번에 모든 아바타 유저를 관리할 여력이 없기 때문에 내려진 조치였다.

이는 또한 아바타 유저에게서 얻은 정보를 효율적으로 관리하기 위한 측면도 있었다.

주택에는 10명의 사람이 살고 있었다.

오열은 아바타 접속을 하지 않은 몇몇 사람과 잠시 인사를 하고 자신의 기계에 들어가 아바타에 접속했다.

오열은 아바타를 접속하자마자 어지러움을 느꼈다.

먼 항해를 하는 것처럼 속이 울렁거렸고 속이 답답했다.

눈을 감고 있어도 하얀 섬광이 폭죽처럼 터졌다. 머릿속이 하얗게 변하는 시점에서야 정신이 돌아왔다.

─각인이 시작됩니다.

머릿속을 울리는 소리와 함께 10여 분이 지났다. 그리고 아주 천천히 눈이 보이기 시작했다.

망막에 비늘 같은 것이 떨어지더니 흐릿한 영상이 선명해지기 시작했다.

원통형의 관이 스르르 열렸다.

─이오열 군, 걸어서 나오도록 하게.

오열이 주위를 돌아보니 실험실 밖에 하얀 가운을 입은 과학자가 마이크에 입을 대고 말하고 있었다.

오열은 몸을 움직였다.

저벅저벅.

약간 어색하기는 했지만 움직이는데 불편함이 없었다.

─뒤돌아보게.

오열은 스피커에서 나오는 명령대로 행동했다.

─뛰어보게.

—손을 좌우로 흔들어보게.

오열은 행동을 하면 할수록 자연스러워지는 몸을 느끼기 시작했다.

몸을 움직이는 것이 마치 자신의 몸처럼 자연스러워진 것이다.

거기에는 믿을 수 없을 만큼의 안락함이 존재했다.

'인간의 기술이 이렇게 발달했다니.'

오열은 자신의 얼굴을 만지며 중얼거렸다.

아바타의 피부가 인간의 피부와 똑같았다.

피부의 색상, 감촉, 무엇 하나 인조적이라고 느낄 수 없었다.

움직이는 관절과 움직임, 시야가 모두 인간의 것이었다.

영혼을 제외한 완벽한 인간.

오열은 소름이 끼쳤다.

너무나 완벽한 기술에 놀란 것이다. 인간이 이토록 정교한 아바타를 만들 수 있다면 안드로이드도 만들 수 있다는 말이었다.

'왜 아바타를 만들었을까?'

아바타를 만들지 않고 인조로봇을 만들어 이 행성을 탐사하면 될 것인데 하는 생각을 하며 오열은 문을 열고 방을 나왔다.

"어서 오게. 난 '지니어스 23호'의 대한민국 소속 이철수 대령이라고 하네."

"아, 네. 반갑습니다. 저는 이오열이라고 합니다."

과학자로 보였던 이철수는 군인이었다.

오열은 이철수 대령으로부터 아바타의 기능을 점검 받았다.

시간은 느리게 흘러갔고 일은 지루했다.

하지만 이 과정을 잘 검증하지 않으면 이후에 발생하는 문제들은 모두 개인의 책임이 되기에 잘 따라야 했다.

"흐음, 훌륭하군. 자네는 12번째 가변형 아바타의 조정자가 되었군."

"12번째요?"

이철수 대령은 오열이 놀라자 피식 웃었다. 그리고 오열이 놀라는 이유를 깨달았다.

"자네가 생각하는 것보다 돈 많은 사람이 많네. 아마 보급형 아바타를 지급 받은 메탈사이퍼들도 조만간 가변형으로 바꿀 것이네. 즉, 그들은 게임을 하듯 미리 보급형으로 체험을 하고 이 행성에서 얻을 것이 있다 싶으면 투자를 하겠지. 인간은 원래 그런 존재거든. 하하."

오열은 그의 말에 고개를 끄덕였다.

자신이야 어쩌다가 운이 좋아 부자가 되었지만 원래부터

부자인 사람도 있고 몬스터 사냥을 통해 부자가 된 사람도 많았다.

거대 길드의 소속으로 던전에서 사냥한 사람 중에는 부자가 많았다.

5장

첫 번째 탐사

　오열은 화물함에서 드래곤메탈아머와 드래곤나이트소드를 꺼냈다.

　지구에서 그가 지니어스 23호로 보낸 것이다.

　지구에서는 당분간 몬스터가 나타나지 않을 것이 분명하기에 최강의 장비를 아바타가 사용하기로 한 것이다.

　이외에도 오열은 PMC로부터 각종 기구를 받았다. 특히 연금술사이기 때문에 자원 개발을 하는 데 필요한 폭약과 굴착기 등도 받았다.

　오열이 장비들을 점검하고 있는데 이철수 대령이 스피드

건을 가지고 와서 주었다.

"이것은 대한민국 정부가 생산직 유저들에게 일괄적으로 지급하는 장비이네."

스피드 건은 크로스보우와 비슷하게 생겼는데 크기는 굉장히 작았다.

"화살을 분리하여 화약이나 독을 주입할 수 있는 신형무기이네. 이 행성의 몬스터를 상대하는 데 도움이 많이 될 것이네."

"아, 그래요?"

오열은 굉장히 기뻐하며 무기를 받았다.

오열이 아무리 장비가 좋은 것으로 세팅을 하였다고 하더라도 생산직 유저이기 때문에 염려되는 점이 있었다.

원거리 무기를 총이 아닌 크로스보우로 지급하는 것은 아마도 화살 때문인 것 같았다.

오열은 화살을 분리해서 보니 화살촉 안에 화약이나 독을 넣을 수 있게 빈 공간이 있었다.

'괜찮겠는데. 화살촉이 충격을 받으면 터지게 설계되어 있구나. 몬스터의 내부에서 폭발하게 되니 생각보다 위력적인 무기야.'

오열은 지니어스 23호에서 일주일간 훈련을 받은 후 우주 함선에서 나왔다.

밖에서 보니 거대한 우주선이 밀림 속에 처박혀 있었다.

엔진 고장이라고 하는데 이를 고치는 작업과 연료 공급이
원활하지 않은 것 같았다.

우주에서 자력 폭풍을 만나면서 기계의 일부가 고장 난 것
도 이곳에 추락하는 데 한몫했다.

신선한 공기가 폐로 들어오자 오열은 말할 수 없는 상쾌한
기분이 들었다.

따사로운 햇살과 바람에 흔들리는 나무들을 보면서 오열
은 감격했다.

지구의 황폐한 광경과는 상반된 아름다운 모습들이었다.

오열은 충전기를 꺼내 드래곤메탈아머에 끼웠다.

청계천에서 5억이나 하는 것을 PMC가 1억에 만들어주었
다.

성능도 훨씬 더 좋았다.

고급 마정석이 장착된 충전지는 어지간한 충격은 모두 흡
수해 줄 것이다.

장비가 모두 장착되니 마음이 놓였다.

울창한 나무가 하늘을 덮을 만큼 컸다.

바람은 신선했다.

이렇게 자유로움을 느낄 수 있는 것 자체가 신기했다.

물론 가상현실게임에서도 이런 것을 느낄 수 있다.

그러나 그것은 인간의 뇌에 일정한 자극을 주는 것에 불과했다.

하지만 지금은 가상이 아닌 현실이었다.

아바타와 완벽한 일체.

그것은 각인으로 인해 일어난 현상 중의 하나였다.

따라서 아바타가 느끼는 감각들을 본체도 모두 느낄 수 있으며 아바타가 상처를 받으면 고통을 느끼게 된다.

오열은 지도를 꺼냈다.

주변의 지형과 몬스터의 위치가 나온다.

파란 점이 메탈사이퍼들의 위치고 붉은 점이 몬스터다.

하지만 이것들은 유용하지만 신뢰해서는 안 된다. 지도에 나오지 않은 몬스터도 존재하기 때문이다.

오열은 손목을 내려다보았다.

거기에는 하이드 캡슐을 소환할 수 있는 장치가 부착되어 있다.

타원형으로 생긴 작은 케이스로 아바타가 접속을 종료할 때 반드시 필요한 도구다.

스카이윙과 같은 개인 비행체는 아니지만 단거리는 비행할 수 있게 해주기도 한다.

게다가 스텔스 기능이 있어 아바타 종료 후에 안전은 걱정할 필요가 없다.

정부가 이런 막강한 장비를 주면서 요구한 것은 1년 동안의 무조건적인 정보다.

때문에 메탈사이퍼가 활동하는 모든 자료가 실시간으로 PMC로 송신된다.

한참을 가니 앞에 메탈사이퍼로 보이는 사람들이 보였다.

오열은 반가운 마음에 다가갔다.

거기에는 탱커, 나이트, 힐러 등이 모여 있었다.

"어서 오시오."

"어서 와요."

"반갑습니다."

모두 오열을 반겼다. 오열도 반갑게 인사를 했다.

"오늘 한 명이 나온다고 하더니 당신이었군요. 그런데 생산직인가 봐요?"

"아, 네. 연금술사입니다."

오열이 연금술사라고 밝히자 분위기가 이상하게 변했다.

드러내놓고 무시를 하는 것은 아니었지만 싫어하는 티가 났다.

'젠장, 여기서도 생산직은 무시를 받는구나. 장비도 허접한 것들이.'

오열은 화가 났다.

그래서 자신을 무시하는 사람들의 장비를 훑어보았다.

모두 정부가 지급하는 보급형을 착용했다.

물론 전사인 이들은 보급형을 착용했다고 하더라도 몬스터 사냥을 하는 데 지장이 있을 정도는 아니다.

하지만 이 밀림지역에서 어떤 강력한 몬스터가 튀어나올지는 모르는 법이다.

"하하, 장비는 좋군요."

"그러게요."

말은 칭찬이지만 말투는 비꼬는 것이 분명했다.

이면에 숨겨진 의도는 '생산직 주제에 장비만 좋군'이었다.

오열은 화가 나서 스피드 건으로 한 방 먹이고 싶었지만 시작부터 말썽을 부릴 수는 없어 참았다.

"내일 두 명이 더 나온다고 하니 그때 떠나도록 하죠."

탱커 오칠명이 말했다. 그러자 나머지 사람들도 동의를 했다.

오열은 뻘쭘해서 고개를 돌렸다.

전투직이 생산직을 무시하는 것은 하루 이틀이 아니어서 오열은 화가 났지만 그런가 보다 하고 넘어가기로 했다.

솔직히 사이킥 테스트에서 저들 대부분은 자신보다 낮은 포인트를 얻은 것이 확실했다.

단지 전투직이냐 아니냐로 결정되는 몬스터 사냥의 왜곡

된 구조가 문제였다.

그나마 메탈 드워프 같은 경우는 이들이 만든 무기가 아니면 몬스터 사냥 자체가 안 되기 때문에 무시를 못하지만 연금술사나 도축업자와 같은 경우는 무시를 많이 당했다.

오열은 나직하게 한숨을 내쉬었다.

그리고 속으로 '그래, 어디 니들이 얼마나 잘하나 두고 보자!' 하고 별렀다.

허접장비 주제에 말이다.

오열은 은근한 무시를 당하면서도 끝까지 버티었다.

생산직인 그로서는 이들의 도움 없이는 몬스터 사냥을 할 수 없었기 때문이다.

다음 날이 되어 두 명의 아바타 유저가 합류하면서 7명의 파티가 시작되었다.

어제까지는 안전지대였다.

우주 함선의 영역이라 그 어떠한 몬스터도 없었지만 이제부터는 안전을 장담할 수 없다.

파티원은 본명을 밝히고 인사를 나눴지만 편의상 서로 닉네임으로 부르기로 했다.

그래서 탱커는 슈퍼맨, 나이트 3명은 톰과 제리, 헐크, 힐러는 큐티걸, 헌터는 다람쥐로, 그리고 오열은 플러스로 불렀다.

특별한 이유가 있어서 그렇게 부른 것은 아니었지만 오열의 플러스는 잉여인간이라는 조소가 담겨 있었다.

잉여가 영어로 'surplus'인데 그냥 접두사 sur—를 뺀 것이다.

'적당히 같이 다니다가 다른 파티를 만나면 그쪽으로 옮기든지 해야지. 이거야 원 서러워서 살겠나.'

수백억을 투자한 아바타가 괄시를 받고 있다는 생각을 하니 화가 났다.

힐러인 큐티걸은 여자가 자기 혼자인 것을 알고 예쁜 척을 하기 시작했다.

오열은 그 모습이 역겨웠지만 다른 남자들은 좋다고 웃었다.

오열을 빼고는 분위기가 좋았다. 하하호호 떠들다 보니 눈앞에 몬스터가 나타났다.

"전투준비!"

탱커 슈퍼맨이 조용한 소리로 말하자 웃고 떠들던 사람들이 일순간 번개처럼 에너지소드를 뽑았다.

빠르고 기민한 동작으로 몬스터를 맞이하는 것을 보니 실력만큼은 제법 있는 사람들이었다.

그럴 수밖에 없는 것이 이들 모두 거대 길드에 속한 메탈사이퍼들이었기 때문이다.

오열은 단 한 번도 던전 사냥을 해보지 못했다.

이들의 눈에 나타난 몬스터는 1미터 50센티미터 정도의 원숭이과의 치치토였다.

일단 이 원숭이들은 눈이 컸다.

검은 눈이 얼굴의 반을 덮을 정도로 큰 눈으로 귀엽게 고개를 갸웃거리는 모습을 보고 파티원은 긴장을 어느 정도 풀었다.

생김새로나 풍기는 분위기로는 별로 위협적인 몬스터가 아니었다.

"키키키킥 키키키키."

"키키키킥 키키키키 큭큭."

원숭이의 울음이 울려 퍼졌다.

소리는 곧 하나가 아니라 둘이 되고 셋이 되고 파티원을 둘러싼 나무 위에서 소리가 퍼져 나왔다.

"이런 젠장, 포위되었어."

"젠장, 원형 대형으로. 큐티걸은 안으로!"

탱커 슈퍼맨이 소리를 치자 재빠르게 힐러인 큐티걸이 안으로 들어갔다.

"플러스 안으로, 제리 안으로."

네 명이 동서남북의 방향으로 서자 그 안에 세 명이 준비를 했다.

오열과 제리는 지친 사람이 생기면 교대를 해줄 준비를 했고 큐티걸은 힐을 할 준비했다.

"캬캬캭 캬캬캬캬."

"캬캬캭 캬캬캬캬 크크큭."

원숭이가 입을 벌렸다.

치치토의 입은 날카로운 이빨로 무장되어 있었다.

원숭이 한 마리가 붕하고 뛰어 올랐다.

슈퍼맨이 전사의 함성을 외쳤다.

날카로운 함성으로 이루어진 음파가 퍼져 나가자 원숭이들의 검은 눈이 붉게 변했다.

치치토는 잡식성 몬스터였다.

특히 집단생활을 하는데 한 무리가 수천 마리의 떼를 이루어 어지간한 거대 몬스터도 어려워하는 몬스터였다.

동시에 치치토의 공격에 슈퍼맨이 에너지소드를 휘둘렀다.

하지만 원숭이들은 너무 빨랐다.

슈퍼맨은 당황했다.

생각보다 원숭이들이 빨랐던 것이다.

털 색깔마저 검어 나무 뒤에 숨어버리면 찾기 힘들었다.

게다가 원숭이라 나무 위에서 공격하는 경우도 있어 파티원은 시간이 지날수록 불리해졌다.

하지만 죽어나는 것은 치치토였다. 아바타들에게는 힐러가 있었기 때문이다.

'이거 생각보다 강한데. 하급 몬스터인 것 같은데 너무 많고 빨라.'

오열은 이 파티가 과연 살아남을 수 있을까 걱정이 되었다.

다른 파티원이야 정부에서 보급해 준 아바타지만 자신은 전 재산을 탈탈 털어서 만든 아바타다.

게다가 드래곤메탈아머와 드래곤나이트소드의 가격은 상상을 초월할 정도로 비싼 장비다.

최상급 장비인데다가 여러 번 강화를 거친 최강의 무기였다.

그나마 위안을 삼을 수 있는 것은 드래곤메탈아머의 방어력이다.

HP가 무려 71,000이나 한다. 게다가 중급 마정석을 박은 배터리까지 있다.

'최대한 힘을 아끼고 원숭이들을 죽여야 한다.'

오열이 눈치를 살피고 있는 사이 톰이 지쳐 휘청거렸다.

워낙 원숭이가 많아 큐티걸이 틈틈이 힐을 해도 소용이 없었다.

"제리, 교대다."

"알았어."

톰이 빠지고 제리가 그 자리를 대체했다.

그사이에 치치토 한 마리가 큐티걸을 노리고 달려들었다.

오열은 반사적으로 에너지소드를 휘둘렀다.

치익.

"캬악!"

치치토 한 마리가 오열의 검에 맞아 쓰러졌다.

비록 원숭이를 막기는 했지만 엉겁결에 휘두른 것이라 죽지는 않았다.

메탈에너지를 검에 넣지 못하고 휘두른 것이다.

그러나 드래곤나이트소드의 공격력이 무려 124,000KP다.

몇 번 사용해 보지 않은 검이지만 굉장히 위력적인 무기다.

파티원은 워낙 상황이 급박하여 오열의 무기를 제대로 알아보지 못했다.

파티원의 주변에는 치치토가 흘린 녹색의 피로 흐르기 시작했다.

그럴수록 치치토는 광분하였다.

"나무가 없는 곳으로 이동해!"

원숭이의 공격을 단순화하기 위해서는 사방이 터진 곳, 그리고 나무가 없는 곳으로 가야 했다.

슈퍼맨이 앞장서서 길을 텄다.

힐러가 없었다면 진작에 원숭이들의 공격에 무너졌을 것

이다.

그만큼 원숭이들의 공격은 집요하고 강했다.

"아, 이런 하급 몬스터에게 이렇게 당하다니 말이야."

탱커 슈퍼맨이 중얼거리자 다른 대원들도 고개를 끄덕였다.

사방이 트인 곳에 도착하자 조금은 원숭이들의 공격이 주춤해졌고 그만큼 파티원은 여유를 되찾기 시작했다.

수십 마리의 원숭이가 죽고 나자 치치토들의 기세가 꺾이기 시작했다.

그때였다.

숲이 흔들렸다.

<u>ㅊㅊㅊㅊㅊㅊ</u>.

바닥이 움직였다. 아니, 숲이 움직이고 있었다.

"헉!"

"저건 뭐야?"

하늘 위에서 거대한 나무줄기가 일행을 향해 날아오고 있었다.

이미 원숭이들은 도망간 지 오래였다. 한 마리의 원숭이도 보이지 않았다.

나무줄기의 공격은 빠르고 강력했다.

눈 깜짝할 사이에 제리가 잡혀 공중에서 두 토막이 되어 내장과 체액, 그리고 노란색의 인공피가 허공에서 뿌려지고 있었다.

"헉!"

"맙소사!"

넝쿨줄기 같기도 하고 채찍 같기도 한 식물 몬스터에 벌써 두 명의 아바타가 부서졌다.

아바타의 체액을 빨아먹은 몬스터는 수십 개의 가지를 만들어 일제히 일행을 공격해 왔다.

나팔 모양의 입을 가진 식물형인데 그 주위로 수십 개의 줄기가 자라나고 있었다.

오열은 속으로 '이건 뭐야?' 하며 주변을 훑었다.

이것은 큐티걸이 힐을 할 사이도 없을 정도로 빠르게 당했기에 방어 대형을 유지하는 것이 의미가 없었다.

"젠장, 저놈이네."

제리와 헐크가 이미 죽었다.

거대한 넝쿨나무처럼 생긴 식물형 몬스터가 본체를 드러냈다.

'여기는 도대체 뭐야?'

처음부터 이렇게 강력한 몬스터를 맞이하게 될 줄 몰랐던 오열은 재빨리 도망가기 시작했다.

어차피 자기는 있으나 마나한 파티원이었다.

의리 그따위는 개에게나 줘버려라.

그동안 개무시를 당해 왔는데.

사는 게 먼저였다.

왜냐하면 아바타는 절대 파괴되어서는 안 된다.

만드는데 든 돈이나 장비값을 따지면 억울해서 고혈압으로 죽을지도 모른다.

오열은 파티원의 비명 소리를 들으며 뛰고 또 뛰었다.

비명 소리가 줄어들었을 때에는 어둠으로 가득한 숲의 중심에 서 있었다.

바람 한 점 없는 고요함이 무겁게 짓누르는 공포의 숲에서 오열은 빠르게 눈알을 굴리며 어떻게 하면 살 수 있을까 거듭 생각했다.

*   *   *

갑자기 거대한 몬스터가 나타났다.

변형된 녹색무늬 샤벨타이거였다.

오우거의 힘과 타이거의 날렵함을 가진 몬스터였다.

오열은 반사적으로 스피드 건을 쏘았다.

미처 오열을 발견하지 못한 몬스터가 쿵하고 쓰러졌다. 스피드 건으로 쏜 화살에 고농도 화약이 폭발한 것이다.

오열은 다시 스피드 건을 쏘았다.

그러나 이번에는 샤벨타이거가 풀쩍 뛰어올라 화살을 피했다.

그사이 오열은 다시 스피드 건의 화살을 갈아 끼웠다.

'와라, 절대로 못 죽어. 이게 얼마짜리 아바타인데.'

오열은 허공으로 날아오르는 몬스터의 배를 향해 화살을 쏘았다.

펑!

샤벨타이거의 배에서 화살이 터졌지만 조금 주춤했을 뿐 오열을 향해 거대한 앞발을 날렸다.

오열은 재빨리 몸을 날려 바닥으로 구르면서 피했다.

"부스터 파워 온!"

즉각적으로 몸이 가벼워졌다.

에너지소드를 빼어 메탈에너지를 검에 불어넣었다.

넘실거리는 붉은 에너지파가 2미터나 치솟았다.

몬스터도 에너지소드에 부담을 느꼈는지 조심스러운 눈치를 보였다.

부스터가 작동하여 몸이 가벼워지고 빨라지기 시작했다.

'그냥, 가라. 뭐 먹을 게 있다고 나에게 이러냐!'

오열은 자신이 먼저 공격을 해놓고 속으로는 어떻게 해서든지 이 위기를 벗어나기를 원했다.

30분 동안의 혈투가 일어났다.

배터리가 아니었다면 이미 진작 죽었을 것이다.

이제 방어구의 방어력이 얼마 남지 않았다.

하지만 샤벨타이거는 한쪽 다리를 쩔뚝거리면서도 물러설 기미를 보이지 않고 더욱 흉포하게 공격한다.

샤벨타이거가 오열의 얼굴을 향해 이빨을 드러내었다.

오열이 혼신의 힘을 다해 에너지소드를 휘둘렀다.

하지만 두꺼운 발에 드래곤나이트소드가 튕겨져 날아갔다.

샤벨타이거가 뒤로 조금 물러났다. 발에 녹색의 피가 흘러내리고 있었다.

크크크쿵.

샤벨타이거가 마지막 공격을 시도했다.

오열은 미처 검을 회수하지 못하고 있었다.

몬스터가 뒤로 물러났지만 오열을 노려보고 있었기 때문에 몸을 움직일 수 없었다. 움직이기만 하면 덤벼들 기세였다.

'아, 이제 죽어야 하나.'

아바타가 죽는 것이니 진짜로 죽는 것은 아니지만 억울했다.

한 번의 대박 이후에 계속 망조가 들었다.

그때였다.

오열의 머리 위로 뭔가 휙 하고 지나갔다. 그리고 몬스터의 비명 소리가 들렸다.

캬아아아!

"헉!"

샤벨타이거가 바닥에 쓰러져 녹색의 피를 흘리며 부들부들 떨고 있었다.

그토록 사납고 흉맹한 샤벨타이거가 한 방에 죽은 것이다.

오열은 앞에 나타난 사람을 바라보았다. 은빛 갑옷을 입은 눈부시게 아름다운 여자가 서 있었다.

'헐~ 대박이다.'

오열은 이렇게 아름다운 여자를 태어나서 처음 보았다. 그는 재빨리 고개를 숙이며 인사를 했다.

"고맙습니다. 덕분에 살았습니다."

"훗."

여자가 가볍게 웃었다.

그녀가 웃자 차가운 인상의 외모가 마치 봄날의 꽃처럼 화사해졌다.

여자가 손가락으로 땅에 떨어진 드래곤나이트소드를 가리키자 오열은 재빨리 다가가 주웠다.

정신을 차리고 보니 여자의 손에는 아무것도 없었다.

"헐, 권사세요?"

"네."

권사는 무기를 사용하지 않는 메탈사이퍼다.

주먹이 무기인 권사는 굉장히 뛰어난 능력을 가진 능력자다.

그래도 한 방에 샤벨타이거를 죽이다니. 바닥에는 샤벨타이거는 머리가 터져 죽어버렸다.

오열은 눈앞에 나타난 여자의 눈치를 살피며 미소를 지으며 말했다.

"감사합니다."

"훗."

여자가 다시 웃었다.

차가운 표정에 어린 고귀한 품위가 미소 속에서 녹아내린다.

"그거 가변형 아바타죠?"

"네, 맞습니다."

"가변형은 훈련을 해야 해요. 할수록 능력이 올라가죠. 이렇게 무턱대고 돌아다닐 것은 아니에요."

"맞는 말씀입니다."

오열은 어떻게 하든지 이 여자를 따라다닐 생각이었다. 혼자 다녀도 어지간한 몬스터는 한주먹감일 것 같았다.

"음식 잘해요?"

"헤헤, 어지간한 호텔 주방장만큼 합니다."

"그래요?"

여자가 놀란 듯 눈을 크게 뜨고 오열을 자세히 바라보았다.

정면으로 바라본 여자의 미모는 눈부시게 아름다웠다. 마치 태양을 바라보는 것 같았다.

"그럼 우리 같이 다녀요."

"물론입니다. 음식은 제가 다 해서 바치겠습니다. 뭘 좋아하시나요?"

"음식은 안 가려요."

'오, 이런 미인이 음식을 가리지 않다니! 천사네.'

오열은 눈을 깜박이며 굽신굽신거렸다. 여자가 순진하게 보이니 어떻게 해보겠다는 심사였다.

"그럼 당분간 같이 다녀요. 제 일행이 몇 달 후에 올 거니까 그때까지만요."

"물론입니다. 전 그 이후에도 같이 다녀도 좋습니다."

"호호."

오열은 음식을 잘하긴 한다.

하지만 고급 요리는 전혀 못한다.

호텔 주방장급 요리 솜씨라는 것은 구라다. 일단 친해놓고 나서 어떻게 비빌 참이었다.

여자는 착했다. 그리고 예뻤다. 그리고 귀족적이기까지 했다.

하는 말 한 마디 행동 하나하나가 평범한 사람과 달랐다.

'재벌집 딸인가?'

오열은 여자의 아름다운 아머를 보며 그렇게 생각했다.

자신의 아머도 굉장히 좋고 멋지지만 여자의 장비와 비교할 바는 아니었다.

"이곳은 위험한 몬스터가 많아요. 이 숲의 이름은 아마스트라스예요. 이 대륙의 가장 끝에 있는 산맥의 일부이고 거대몬스터의 서식지죠. 그대가 이곳에서 살아남으려면 열심히 훈련을 하는 수밖에 없어요."

"아, 네. 충고 고맙습니다."

오열은 말을 하면서도 마냥 딸랑거렸다.

너무 노골적으로 그렇게 하니 오히려 귀엽게 보이기까지 했다.

이영은 이런 남자를 처음 봤다.

비열하게 동료를 과감하게 버리고 도망을 갔고 도움을 받자 종처럼 살살거린다.

너무 노골적이라 오히려 귀여웠다.

"제 이름은 엘리자베스예요. 보시다시피 권사고요. 그대는요?"

"저는 이오열이라고 합니다. 저는 연금술사입니다."

"아, 연금술사! 그대는 머리가 굉장히 좋은가 보군요."

"그렇지 않습니다. 하지만 눈치와 아부는 아주 굉장히 좋습니다."

"호호호호."

엘리자베스가 배를 잡고 웃었다.

설마 남자가 스스로 아부를 잘한다고 말할 줄을 몰랐다.

그녀가 오열을 도와준 것은 제법 눈치가 있고 기민하게 움직여서 함께 움직이면 도움이 될 것 같아서였다.

무엇보다도 보급형 아바타가 아니고 장비도 최상급이었다.

장난으로 이곳에 온 것이 아니라는 말이었다.

"이곳은 위험해요. 그대가 연금술사면 저것 좀 어떻게 해 봐요."

"네, 물론입죠."

오열은 도축용 칼을 꺼내 샤벨타이거를 해체했다.

그동안 수많은 몬스터를 도축해 보았기에 칼을 대면 가죽이 저절로 벌어지곤 했다.

그 모습을 본 엘리자베스가 놀랐다.

그녀는 지금까지 꽤 많은 몬스터를 잡았지만 도축을 하지 않았다.

죽이는 것은 어떻게 해도 몬스터의 사체를 뒤지는 것은 끔찍해서 싫었던 것이다.

오열이 10분도 안 되어 샤벨타이거를 해체하고 녹색의 마정석을 여자에게 주었다.

"아니, 왜 이것을?"

"물론 엘리자베스님이 가지셔야 합니다. 저도 양심이 있는데 어떻게 제가 꿀꺽하겠습니까?"

"뭐, 그렇다면. 훗."

오열은 마정석을 받고 좋아하는 여자를 보며 회심의 미소를 지었다.

너무 예쁜 여자이니 예쁘다 어쩌다 하는 말을 하는 것은 자살골을 넣는 것이나 마찬가지다.

이렇게 귀족적인 여자가 체면 때문에 몬스터의 사체를 해체를 못하면 가려운 데를 긁어주면 그만이다.

애당초 꼬실 마음은 없었다.

물론 기회가 있으면 확 어떻게 해보고는 싶지만 실력 차이가 하늘과 땅만큼이나 난다.

그냥 보고 즐기는 것으로 만족하고 실력을 키우는 것이 급선무였다.

오열과 엘리자베스는 안전지대로 자리를 옮겨 음식을 해 먹었다.

엘리자베스는 음식을 먹어보고는 고개를 끄덕였다.

간단한 음식인데 간이 잘 음식에 배어서 먹을 만했다. 사실 모든 음식은 간만 맞으면 먹을 만은 하다.

"그대는 음식을 잘하지만 호텔 주방장급은 아니군요."

"하하, 오늘은 재료가 부족해서."

뻔뻔하게 자신의 실수를 인정하지 않는 오열을 보며 엘리자베스는 고개를 돌렸다.

그녀의 이름은 이영이다.

대한민국의 국민이라면 모두 그녀를 안다.

그런데 눈앞의 남자는 온갖 아부를 하면서도 정작 자신을 알아보지 못한다.

그게 마음에 들었다.

이렇게 뻔뻔한 남자를 그녀는 단 한 번도 보지 못했다.

하지만 그런 모습이 밉지는 않았다. 야비하지만 이런 남자는 선을 잘 넘지 않는다.

틈을 보이지 않으면 정도 이상의 일은 하지 않는 남자다.

간사한 눈빛 사이사이로 순수함이 묻어나는 것도 좋았다.

그리고 어차피 이곳은 본체가 아니다.

아바타가 위험한 일을 당해도 생명에는 지장을 주지 않는다.

그녀가 언제 이렇게 엉망인 남자를 언제 만나볼 수나 있었겠는가!

"연금술사가 이곳에 온 이유는 있나요?"

"그게…… 연금술을 여러 번 했더니 세금을 많이 낸 것으로 잡혀서 기회가 주어졌습니다. 안 하려고 했는데 가변형 아바타에 대해서 이야기를 하는 바람에 거기에 넘어갔습니다."

"아, 생산직은 힘들죠."

"말도 할 수 없을 만큼 힘이 듭니다."

"……"

이영은 말없이 그를 바라보다가 저물어오는 서쪽 하늘을 바라보았다.

후두둑 하고 비가 내리기 시작했다.

하늘은 구름 한 점 없는데 비가 내리니 어이가 없었다.

오열은 급히 피할 곳을 찾아보니 나무 밑이 그나마 비를 피할 만했다. 무성한 나뭇잎이 작은 비를 가려줄 수 있을 것이다.

"저리로 가시죠."

"네."

비가 쏟아지자 오열은 나뭇잎 사이로 빗물이 흘러내리자 주위의 나뭇잎을 잘라 우산처럼 여자를 씌워졌다. 그러면서 자신은 비를 맞았다.

'이 남자 의외로 순수할지도 몰라.'

비열한 남자는 이렇게 하지 않는다.

사기를 칠 요량이 아니라면.

하지만 남자의 눈빛이 의외로 순진무구하다. 진심이라는 말이다.

4미터 뒤쯤에 큰 바위가 있었다.

그 뒤로는 제법 큰 암벽이 있자 오열은 그곳으로 뛰어갔다.

에너지소드를 꺼내 암벽을 향해 휘둘렀다. 바위가 두부처럼 베어져 나왔다.

오열은 서둘러 굴을 만들었다.

생각보다 시간이 많이 걸렸지만 비가 그치지 않아 둘은 동굴 속으로 들어갔다.

"이런 방법도 있었군요."

"제가 잔머리는 제법 잘 돌아갑니다."

"아니에요. 훌륭한 아이디어였어요."

오열은 가만히 있었다. 칭찬을 해주는데 굳이 아니라고 할 필요는 없었다.

이렇게 예쁜 여자가 좋다고 칭찬을 해주는데 싫을 이유가 없었다.

비가 그치고서도 오열과 이영은 같이 다녔다.

오열이 몬스터를 발견하면 스피드 건으로 유인을 하고 이영이 마무리하는 형태의 사냥이었다.

간간히 오열은 에너지소드를 휘두르며 숙련도를 올렸다.

정말로 미미하지만 신체 능력이 향상되고 있었다.

3개월 동안 같이 다니다가 이영이 말했다.

"그대의 가변형 아바타는 좋은 것이 아닌 것 같아요. 그대가 연금술사라는 것을 감안해도 실력이 느는 속도가 너무 느려요."

"네? 그게 무슨 말씀이신지?"

"그대의 아바타는 보급형에 가까운 것 같아요. 효과가 아주 없는 것은 아니지만 본체의 능력을 향상시키려는 의도는 성공하기가 쉽지 않을 거예요. 그러니 아바타를 다시 만드세요."

"저도 그러고 싶긴 하지만 돈이."

"지금의 형태보다 두 단계는 위의 것을 만들어야 실효성이 있을 거예요, 그러니 한번 생각해 보세요."

"……."

오열은 눈앞이 깜깜해졌다.

있는 돈 없는 돈 다 끌어모아 만든 아바타가 실효성이 별로 없다는 말을 듣고는 한숨이 나왔다.

그 모습을 보고 이영이 자신의 가방에서 그동안 모은 마정석을 준다.

"이것으로 보테세요. 난 이제 며칠 후면 동료들이 와 그들과 합류해야 해요. 그리고 만약 새로 아바타를 만들면 연락을 하세요."

"아닙니다. 받을 수 없습니다. 이만큼 발전한 것도 엘리자베스님 덕분입니다."

한사코 받지 않겠다는 오열의 완강함 때문에 이영은 마정석을 다시 자신의 가방에 넣었다.

오열은 마정석이 탐나지 않은 것은 아니었지만 그동안 정든 여자에게 추한 모습을 보이고 싶지 않았다.

오열은 이틀 후에 이영과 헤어졌다.

많이, 아주 많이 아쉬웠다.

하지만 이제는 이 밀림에서 살아남을 요령과 실력을 가졌기에 혼자 남아도 두렵지는 않았다.

짝퉁이라도 명품을 닮았는지 3개월 동안 그의 실력이 많이 늘었다.

오열은 지도를 꺼내 지하광물이 묻혀 있는 곳으로 갔다.

온갖 몬스터가 드글거리는 몬스터월드 밑에 에너지스톤이 묻혀 있다.

'후후후. 난 방법이 있지. 노가다가 귀찮을 뿐이지.'

오열은 헤어진 엘리자베스를 생각하며 주먹을 굳게 쥐었다.

6장

에너지스톤

오열은 지도를 들고 나갔다.

30㎞ 밖에 에너지스톤이 묻혀 있는 곳이다.

이미 지도에 표기될 정도로 조사가 끝난 곳이지만 갈 수가
없다.

몬스터 때문이었다.

오열은 20㎞ 부근에서 멈추었다.

여기까지는 몬스터를 피하고 또 처치하면서 전진했지만
더 이상 나아갈 수 없다.

주위를 둘러보았다. 나무와 회색 바위, 그리고 울창한 수풀

이 눈에 들어왔다.

'뭔가 방법이 있을 텐데.'

인간은 불가능한 일이라도 항상 방법을 발견해 왔다.

지금까지 탐사대가 광물을 발견하고서도 채광을 하지 못했었던 것은 방법을 다각적으로 모색하지 않았기 때문이다.

그리고 그들 대부분이 전투직 유저여서 어떻게 광물을 채굴하는지 알지 못하기 때문이다.

하지만 생산직 능력자는 다양한 사고를 할 수 있다.

일단 광물은 땅부터 파야 하는 것이 기본이다.

그런데 지하자원을 채굴하기 위해서는 수십 ㎞를 파는 것은 기본이다.

자원이 지표면에 가깝게 있는 경우가 많지 않고 또 예상치 못한 암반이나 특이한 지형 때문에 돌아가야 하는 경우도 많다.

문제는 채산성이다.

들인 노동력에 비례하는 대가가 나와야 한다.

수십 ㎞를 팠는데 매장량이 얼마 되지 않는다면 하나마나다.

오열은 주위를 돌아보다가 거대한 폭포를 발견했다.

"으헤헤헤. 당첨!"

오열은 비열한 웃음을 터뜨리며 거만한 눈빛으로 폭포를

바라보았다.

시간은 남아돌았다.

지구에는 애인도 없고 몬스터도 출몰하지 않는다.

능력을 향상시키려고 하는 것은 능력자로서 본능이지 의무는 아니다.

딱히 할 일이 있는 것도 아니다. 그러니 남아도는 것이 시간이었다.

오열은 폭포에서 만난 소형 몬스터를 처치하고 물속으로 들어갔다.

물고기들과 투명한 물속이 그림처럼 아름다웠다.

다행히도 폭포 속에는 수중 몬스터가 없었다.

오열은 에너지소드를 뽑아 주위를 둘러보았다. 마침 움푹 들어간 동굴 같은 것이 보였다.

앞으로 나아갔다.

다행스러운 것은 아바다가 생존하기 위해 요구하는 산소량은 인간과 비교했을 때 지극히 적었다.

때문에 오열은 수중에서 10분 정도 숨을 참고 작업을 할 수 있었다.

'몬스터에게 들키지 않고 작업하려면 이게 최고지.'

오열이 폭포에서부터 작업을 시작하는 이유는 간단했다.

몬스터의 접근이 없는 곳이어야 하고 소리에 민감한 몬스터들을 속여야 했기 때문이다.

이틀 만에 오열은 제법 큼직한 동굴을 뚫었다.

이제부터 물로부터 자유로워졌다.

오열은 바닥에 드러누워 한숨을 내쉬었다.

이틀 동안 두더지마냥 땅만 팠다.

몬스터를 사냥해야 할 에너지소드로 바위를 잘라냈다. 굴 착기도 있지만 능력자에게는 오히려 생산성이 떨어졌다.

하지만 언제까지 비싼 에너지소드로 땅을 팔 수만은 없었다.

이래저래 험난한 시간들이 될 것 같아 암담함 속에서 한숨을 내쉬었다.

그래도 멈출 수는 없었다. 이것이 미래를 위한 투자이기 때문이다.

"만약 새로 아바타를 만들면 연락하세요."

엘리자베스가 한 말이 귓가를 울린다.

그러자 오열은 주먹을 불끈 쥐고 벌떡 일어났다.

그녀가 아니라도 꼭 해야 한다. 언제까지 무시를 받고 살 수는 없지 않은가!

'왜 레벨 9단계의 내가 생산직으로 각성해서 이런 수모를

받아야 한단 말인가. 개허접 호구들에게 말이다.'

　오열의 눈이 붉어졌다. 눈물도 찔끔 났다.

　언젠가는 생산직 유저가 인정받는 세상이 오겠지만 아직
은 요원한 일이었다.

　복수를 해주겠다고 이를 악물었지만 누구에게 복수를 한
단 말인가.

　오열은 땅을 파고 또 팠다.

　지하에도 몬스터가 있어 느리고 더디기만 했다.

　그럴수록 오열은 독기를 품고 땅을 팠다. 땅을 파고 난 흙
과 바위를 나르는 일이 더 힘들었다.

　처음에는 거리가 얼마 되지 않아 쉬웠지만 파고들어가는
거리가 멀수록 힘이 들었다.

　왜 광산에 레일이 깔려 있는지 이제는 알 수 있다.

　고통스럽지만 성과가 없는 것은 아니었다.

　하루에도 수십 ㎞를 걸으면서 흙을 날랐다.

　덕분에 가변형 아바타의 능력이 향상되고 있었다.

　게다가 현실의 본체 역시 미미하지만 조금씩 달라지고 있
었다.

＊　　　　＊　　　　＊

국가안전위원회는 이번에 아바타를 뉴비드 행성에 투입한 것에 대한 분석이 나오면서 침울하게 바뀌었다.

6개월 지났는데 살아남은 아바타가 거의 없을 정도로 대실패였다.

여기에 들어간 돈은 천문학적이라 속이 더 쓰렸다.

국가안전위원회의 의장 박대성 대장이 주위를 둘러보았다.

기획실의 남하성 팀장, 연구실의 오대호 수석연구원, 국가정보부의 이두열 부장, 그리고 심지어 초능력자로 구성된 특수부대를 지휘하는 장하성 소장까지 참석했다.

한마디로 비공식적 실세들이 모두 참여한 회의였다.

박대성이 입을 열었다.

"아바타의 실적은 어떻습니까?"

"그건 보고를 서면으로 따로 드렸는데……."

"그게 아니오. 실패한 것을 말하는 것이 아니오. 무엇인가 건진 것이라도 있는지 물은 것이오."

박대성의장의 말에 오대호 수석연구원이 자료를 보면서 대답했다.

"보급형 아바타로 만들어진 메탈사이퍼들은 대부분 일주일을 넘기지 못했습니다. 가변형 아바타 소유자도 마찬가지입니다. 지금까지 350명의 아바타 중에 살아남은 사람은 고작 12명밖에 안 됩니다. 그중에서 3명은 아바타가 만들어진 지가 1달밖에 되지 않습니다."

"한 달이라도 많이 버틴 거군. 그런데 왜 이렇게 생존율이 낮은 거요?"

"민간인이라 군대처럼 통제가 일사분란하게 되지 않은 점이 있습니다. 던전 사냥이나 파티 사냥처럼 가볍게 생각하다가 당한 것이지요. 그리고 지니어스 23호가 불시착한 곳은 대륙의 끝에 위치한 몬스터 천국입니다. 이곳의 몬스터는 굉장히 사납고 공격적이며 강합니다. 그리고 무리를 지어 생활하는 몬스터가 많은 것도 실패의 원인 중 하나입니다."

"가변형은 어떻소?"

"메탈사이퍼의 능력을 10이라고 가정하면 보급형은 4 정도밖에 내지 못합니다. 반면 가변형은 5에서 6 정도의 능력을 끌어냅니다. 그리고…… 아직 완전히 분석이 끝난 것은 아니라서 말씀드리기가 뭐한데, 이곳에서 생존한 자들의 면면을 보면 초기에 잠재력 각성 테스트에서 좋은 레벨을 받은 사람들입니다. 레벨 7 이하는 단 한 명도 없습니다."

"그럼 공주님도……."

"공주님은 예외입니다. 레벨이 의미가 없지요. 그분은 자연적으로 각성한 메탈사이퍼니까요."

"하긴, 3살에 초능력자가 되셨지. 흠흠."

"그러면 지구에 나타난 몬스터를 토벌할 때 아바타로 싸우는 것은 힘들다는 말이오?"

"그렇습니다. 그게 본질적인 기술상의 문제도 있고 다른 여타의 문제도 있습니다."

"그게 뭐요?"

"기술상의 문제는 우리나라가 독자적으로 아바타를 만들 기술이 없습니다."

"그게 무슨 소리요. 그 행성에서 아바타를 만들어 작전을 수행하지 않았소?"

"그 기술은 미국, 일본, 중국, 한국이 힘을 합쳐 만든 것입니다. 현실에서 아바타를 만들려면 다른 나라들과 합의가 있어야 하는데 그들이 합의를 해주 않을 것입니다. 아직까지 몬스터가 인류의 생존에 위협을 끼칠 정도가 아니니까요. 그리고……."

남하성 팀장이 말을 흐렸다.

그리고 말을 할까 말까 하는 표정을 짓다가 결국에는 입을 열었다.

"아바타를 만들 기술도 없지만 재료도 없습니다."

"……이해할 수 없군요."

"쉽게 말씀드려서 지구의 자원으로는 대량의 아바타를 만들 수가 없습니다. 그리고 아바타를 움직일 수 있는 에너지원인 에너지스톤도 거의 없고요."

"흠음, 그러면 행성에서 지구로 보내는 것은 어떻소?"

"그것도 기술상의 문제가 있습니다."

"하아, 답답하군, 답답해. 국왕 전하께서 이 일에 굉장한 관심을 가지고 계신데 말이지."

박대성 의장이 한숨을 내쉬었다.

그나마 총리실 산하의 인물이 없는 게 위안이라면 위안이었다.

그들이 있었다면 내년 예산 삭감은 불을 보듯 뻔했다.

아바타로 뭘 하려는 시도는 거의 실패에 가깝고 성공한다고 해도 그 열매를 지구에 가져오기도 쉽지 않다고 한다.

그 기술상의 문제가 무엇인지 말을 해주지 않으니 알 수 없지만 박대성은 피부에 스며드는 불안감에 몸을 떨었다.

*　　　*　　　*

이영은 신이 났다.

평소에는 위험하다고 몬스터 사냥을 허락해 주지 않던 아버지가 아바타로 싸우는 것은 허락했다.

태어날 때부터 초능력자였던 그녀는 3살에 자연적인 자각을 통해 자신의 힘을 알았다.

하지만 왕실의 공주라는 신분 때문에 몬스터 사냥을 하지 못했다.

능력은 있으나 마나한 것이 되었는데 지금은 신이 났다.

그런데 가끔씩 그 남자가 생각났다.

처음 보았을 때는 그냥 그런 남자였다.

성격은 비열하며 이기적이었다. 게다가 탐욕은 얼마나 강한지.

헤어지면서 아바타를 만들라고 마정석을 주었을 때 그가 거절한 것은 너무 의외였다.

하지만 개 버릇 남 못 준다고 탐욕으로 번들거리던 눈은 아직도 잊혀지지 않는다.

솔직히 같이 있을 때는 그 남자가 싫었다.

가끔 귀여울 때도 있었지만 성격이나 하는 것이 그다지 마음에 들지 않았다.

혼자 있는 것이 심심해서, 그리고 그 남자가 음식도 곧잘 해서 같이 행동했을 뿐이었다.

하지만 새로운 황실경호요원들이 만든 아바타가 합류하고 나서 이곳 생활이 재미가 없어졌다.

그 남자와 함께 있을 때가 훨씬 더 재미있었다는 것을 비로소 깨달았다.

원래 있을 때는 그 가치를 잘 모르는 법. 그래도 몬스터를 사냥하는 것은 나름 재미가 있다.

"그는 뭐하고 있을까? 불량감자 같은 남자. 훗."

말을 하고 나니 정말 그가 불량감자 같은 남자라는 생각이 들었다.

저절로 피식 미소가 난다. 그녀 주위에는 그런 신기한 남자는 일찍이 없었다.

그녀는 커피를 마시며 창밖을 바라보았다.

눈이 펄펄 내리고 있었다.

바람도 없는 고요함으로 둘러싸인 왕궁은 아름다웠다.

특히 그녀가 묵고 있는 소춘원은 아담하면서도 정갈한 아름다움이 묻어나는 곳이었다.

왕족으로 사는 것은 고귀한 것이다.

이렇게 아름다운 정원도 빼어난 옷과 음식도 모두 국민의 배려와 노력 덕분이라는 것을 알고 있다.

하지만 그 덕분에 하지 못하는 것이 많았다. 평범함이 때로는 그리워지곤 했다.

이영은 새처럼 날아가고 싶었다.

그녀의 나이 이제 20살.

눈이 그치면 21살이 된다.

20살에 옥스퍼드 대학을 마칠 수 있었던 것은 그녀의 뛰어난 머리가 있어 가능한 것이었지만 영국 왕실의 배려 덕분이기도 했다.

왕권 계승 서열 2위.

위로는 오빠인 이용이 있지만 어릴 때부터 병약해서 어찌 될지 모른다.

그녀는 자신이 백성을 위해 살아야 하는 왕족이라는 것이 싫었다.

동화 속의 공주는 아름답지만 현실 속의 공주는 그렇지가 않았다.

동화와 현실은 엄연히 다른 것이니까.

이영은 정원으로 나왔다.

그녀가 움직이자 경호원들이 그림자처럼 따랐다.

그게 웃겼다.

이들 중 어느 누구도 자신을 이길 수 있는 사람은 없었다.

태어날 때부터 거의 슈퍼맨에 준할 정도로 강한 그녀였다.

그리고 그녀가 권사의 재능이 있는 것을 알고는 왕실의 비전으로 내려오던 무공마저 배웠다.

그렇지만 공주이기 때문에 의례적으로 어디를 가거나 경호원이 따라다닌다.

이제는 있으나 없는 것으로 치부하는 그들이지만 그들 역시 인권을 가진 소중한 사람들이라는 생각을 하면 그 역시 싫다.

누리는 행복에는 대가가 따르기에 불평할 수는 없지만 그저 싫었다.

'당신은 어떤가요? 자유롭겠죠.'

이영이 속으로 중얼거렸다.

눈이 더 펑펑 쏟아졌다.

하늘 한편에서 '그렇고말굽쇼!' 하는 그의 말이 환청처럼 들려왔다.

그의 자유로움이 새삼 탐이 났다.

몬스터 학자들은 몬스터가 휴지기에 들어갔다고 발표를 했다.

이 휴지기가 왜 발생하는지 알 수 없지만 몬스터의 겨울이 찾아온 것으로 보았다.

동면에 빠져드는 동물처럼 몬스터들은 어둠의 깊은 곳에서 잠을 자고 나오면 더 강해진다는 것이 학계의 정설이다.

이 몬스터의 휴지기는 정해지지 않았다.

처음에는 20년이었는데 그다음은 불과 10년이었다.

다음에 나타날 시기는 알 수는 없지만 더 빨라지지 않을까 하는 학설이 힘을 얻고 있다.

왜냐하면 점점 몬스터들이 지구의 환경에 적응해 가고 있기 때문이다.

                    *   *   *

오열은 오랜만에 아바타를 접속하지 않고 쉬었다.

지겨워서 도저히 더 할 수가 없었던 것이다. 땅을 파고 모아진 흙을 내다 버리고.

아바타를 접속해서 하는 일이란 이것뿐이었다.

간간히 화약을 사용하기에 일하는 것은 쉬워졌지만 땅속에 있는 몬스터를 피해가다 보니 생각보다 많이 돌아가야 했다.

땅속으로 직선으로 파면 20㎞면 되는데 지금 32㎞나 팠어도 반밖에 파지 못했다.

"아아아, 지겨워 죽겠다."

오열은 침대에 누워 애벌레처럼 뒹굴며 소리를 질렀다.

                    *   *   *

오열은 뚝심을 가지고 땅을 파고 흙을 날랐다.

에너지스톤이 묻혀 있는 곳이 가까워질수록 일은 더디었다.

판 흙을 40㎞까지 내다 버리는 일은 지겨운 일이었다. 결국 작은 수레를 만들어 끌고 다녔다.

처음에는 짐칸이 한 개였던 수레는 두 개가 되고 나중에는 세 개가 되었다.

가변형 아바타라 힘을 쓰면 쓸수록 성능이 좋아졌다. 이제는 어지간한 전투직의 메탈사이터와 힘이 비슷해졌다.

3개월을 땅만 팠다.

다행스럽게도 암반이 많아서 진도가 빨랐지만 가끔 나오는 연약한 지반이 나오면 부목을 대어야 했기에 하루에 1미터 땅을 파는 것도 힘들 때가 있었다.

그리고 요즘은 아바타를 접속하는 시간이 길어지면 머리가 아파서 오래 접속할 수도 없었다.

'절대로 포기하지 않는다.'

오열은 이를 바득바득 갈며 땅을 팠다.

스트레스를 너무 많이 받아 현실에서 술을 먹는 날이 늘었다.

하루 종일 땅만 파니 스트레스가 안 생길 수가 없었다.

오열은 집에서 나와 대학가 근처에 있는 유명한 클럽으로 들어갔다.

소위 대학가라는 곳이 술집이 너무 많았다.

한 집 건너 하나가 술집이었다.

문을 열자 시끄러운 음악이 쏟아져 날아왔다.

인디밴드의 연주에 맞춰 가수가 노래를 부르고 사람들은

소리를 질렀다.

사람들이 흥에 겨워 리듬을 타고 몸을 흔들었다.

오열은 피식 웃음이 났다.

저렇게 음악에 몰두해도 저들 중 상당수는 음악이나 술을 마시려 나오는 것이 아니라 이성을 만나 긴 밤을 뜨겁게 불태우려고 하는 것임을 알고 있다.

술을 마시고 있으니 여지없이 오늘도 여자들의 은근한 눈빛을 따라왔다.

입고 있는 옷이 명품이라 키가 조금 작아도 이렇게 노골적인 눈빛을 보내는 여자가 많았다.

그리고 그의 귀여운 얼굴에 여자들이 관심을 보였다.

과거에는 돈이 없고 키가 작아 문제가 되었을 뿐이다. 물론 그때는 지금보다 주접이 아주 심하긴 했다.

"혼자 왔어요?"

"아, 네."

"같이 놀래요?"

"좋죠. 앉으세요."

자리에 앉은 여자는 제법 예쁜 얼굴에 몸매도 좋았다.

이런 여자가 흔하지 않은데 하고 생각하고 있는데 여자가 이런저런 말을 하기 시작했다.

"술 먹을래요?"

"네, 좋습니다."

오열은 새로 위스키를 시켰다.

이런 곳에서 먹는 위스키는 물을 섞지 않으면 다행이라고 생각이 들어 비싼 것은 시키지 않았다.

로얄 샤롤트나 루이 14세 같은 술은 시켜도 없다. 17년 된 위스키를 시킨 것이 고작이었다.

"돈 많아요?"

"쓸 만큼은 있어요."

"아, 비싼 양주를 시켜서 걱정이 좀 되었거든요."

"자주 오는 것은 아니니 괜찮아요."

여자는 노는 여자치고는 착해 보였다.

술을 마시고 춤을 조금 추다가 같이 클럽을 나왔다.

이럴 때 여자는 술 취한 척해 주고 남자는 모른 척 호텔로 데리고 가면 끝이다.

프로들은 오늘 어때? 하고 당당하게 호텔로 걸어서 들어가지만 아직까지 그렇게 대놓고 하는 여자는 많지 않았다.

호텔 안으로 들어오자마자 오열은 여자의 입술을 더듬었다.

여자가 오열의 혀에 반응하여 마중을 나왔다.

오열의 목에 두 손을 감고 여자가 정열적으로 몸을 움직였다.

여자는 쉽게 달아올랐다.

오열은 옷을 벗고 불같은 달려들었다. 새벽까지 섹스를 하며 오열은 시간을 보냈다.

눈을 뜨니 여자는 이미 가고 없었다.

이름도 모르는 여자와 하룻밤은 생각보다 좋았다.

허탈감이 없는 것은 아니었지만 적어도 목까지 가득 찼던 스트레스는 어느 정도 날려간 것 같았다.

여자는 어젯밤에 울며 그의 몸에 매달렸다.

각성한 능력자를 평범한 여자가 감당하기란 결코 쉬운 것이 아니다.

그리고 요즘은 그의 그것이 조금 더 커졌다.

힘도 좋아졌고 키도 약간 커졌다. 모두 가변형 아바타 덕분이었다.

"상쾌하군!"

오열은 일부러 소리를 질렀다.

삶이 너무 고단했다.

문득 고향으로 내려가 평범하게 살까 하는 생각도 했다.

돈을 벌고 나서 집에 적지 않은 돈을 부쳤다.

그래 봐야 큰돈은 아니었지만 시골에서는 아주 큰돈이었다.

더 많은 돈을 부치고 싶었지만 그 작은 마을에서는 감당이 안 될 것 같아 포기했다.

오열은 어젯밤에 같이 보낸 여자를 생각했다. 그 생각하자마자 배꼽 아랫부분이 잔뜩 성이 났다.

실력도 좋기도 하지.

어제 그렇게 힘을 써놓고 이렇게 다시 성을 내다니.

오열은 피식 웃으며 냉장고에서 물을 꺼내 마셨다.

샤워를 하고 옷을 입고 나오려고 하는데 책상 위에 메모지가 눈에 띄었다.

어제 너무 좋았어요. 생각 있으면 연락해요.

오열은 입가에 미소를 지으며 전화번호가 적힌 종이를 구겼다.

이런 데서 원나잇을 즐긴 여자와 사귈 생각 따위는 애초에 없었다.

관계가 깊어지면 깊어질수록 믿을 수 없는 여자가 이런 곳에서 만난 여자다.

섹스파트너로 만족한다고 하더라도 남녀 사이는 앞으로 어떻게 될지 모른다.

이제 돈도 있는데 그럴 생각은 없었다.

즐기기 위해서 잠시 만나는 것이라면 몰라도 그는 착하고 정숙한 여자를 만나고 싶었다.

술집에서 만난 여자가, 그것도 원나잇을 한 여자를 정숙하다고 믿는 남자는 없다.

남자는 본능적으로 발랑 까진 여자보다는 정숙한 여자를 좋아한다.

물론 놀 때는 헤픈 여자가 훨씬 좋기는 하다. 이런 것을 남자의 이기심이라고 욕해도 별수 없다.

남자들은 헤픈 애인을 관리하는 것은 얼마나 힘든지 너무나 잘 알고 있기 때문이다.

여자들이 본능적으로 잘생기고, 돈도 많고, 매너 좋은 남자에게 끌리듯이 그런 것은 거의 본능에 가까운 것들이다.

오열은 구겨진 종이를 망설임없이 휴지통에 집어넣고 호텔을 나왔다.

지금 여자를 안았지만 여자와 심각하게 놀 생각은 없었다.

그의 아바타는 목표지 5km를 놓고 하루에 1m씩 가고 있다.

미치고 팔짝 뛸 일이었다.

자기 자신과의 싸움이 시작된 지도 벌써 3개월이 지났다.

인간의 한계를 시험하는 일이 날마다 펼쳐졌다.

앞으로 몇 개월을 더 땅만 파야 할지 몰랐다. 하지만 멈출 수가 없었다.

그동안 노력한 것이 아까워서라도 도저히 그만둘 수가 없었다.

오열은 식당에서 점심을 먹고 집으로 돌아와 아바타에 접속했다.

어둠으로 가득한 동굴이 점차 시야에 들어왔다.

오열은 불을 키고 탐지기를 켰다.

그런데 그동안 앞을 막고 있던 땅속의 몬스터가 사라지고 없었다.

"뭐야? 없잖아."

그동안 땅속에서 웅크리고 있던 몬스터가 사라졌다.

5km를 남기고 다시 돌아가야 할 때에 몬스터가 사라진 것이다.

오열은 직선으로 땅을 파면 이제 3km면 된다는 생각을 하자 갑자기 힘이 불끈 솟아났다.

'왜 갑자기 사라졌을까?

굳이 알 필요는 없었다.

몬스터라고 자기 사정이 없겠는가.

짝짓기를 하기 위해 나갔을 수 있고 먹이를 찾아 나갈 수도 있었다.

지금 없다는 것이 중요했다.

오열은 폭탄을 이용하여 재빨리 작업을 시작했다.

액체 폭탄인 익스플로전34는 소량으로 사용하면 거의 소리가 나지 않는다.

에너지소드를 사용해도 되지만 너무 비싼 칼이라 쓰기에
아까웠다.

그래서 오래전부터 익스플로전34를 사용해 왔다.

흙을 삽으로 떠서 수레에 담았다. 그리고는 또다시 수십 ㎞를
끌고 내다 버려야 한다.

동굴의 크기를 작게 팔까도 여러 번 생각했지만 그렇게 하
면 오히려 파는 속도가 느려진다.

우주 함선으로 가서 도움을 요청할 수 있지만 공짜는 없는
법이다. 그래서 원시적인 이 방법을 아직도 사용하고 있었다.

오열은 흙을 버리고 나서 사냥을 했다.

이 세계는 몬스터만 있는 것은 아니었다. 몬스터가 먹을 초
식동물이 굉장히 많았다.

화약을 채우지 않는 화살로 사슴을 잡고는 동굴로 가지고
들어왔다.

출입구가 이제는 두 곳이 되었다.

흙을 버리는 곳과 나무와 같은 부목을 나르는 곳으로 나뉘
어졌다.

마른 나무에 불을 붙여 고기를 구웠다.

소금을 뿌리고 마른 버섯가루도 골고루 뿌렸다. 계피향이
나는 약초가루도 뿌렸다.

잘 구워진 고기를 입에 한 입 베어 물었다.

감미로운 고기의 육즙이 입안에 가득 스며들었다.

아바타를 움직이는 원동력은 에너지스톤이지만 음식도 먹어야 한다.

안 먹는다고 아바타가 죽는 것은 아니지만 힘이 약해진다.

인간과 너무 유사하게 만들어진 아바타였다.

그것이 불편했지만 이렇게 음식을 먹는 재미도 있어서 나름 좋았다.

때로는 가상현실게임을 하는 것 같았다.

모든 것이 똑같았다.

몬스터가 만만하지 않다는 것과 이 세계가 현실이라는 것만 달랐다.

게임이라면 아마도 초보자 마을에서 토끼 같은 작은 동물을 사냥하고 있을 것이다.

이 세계에도 인간들이 있다고 들었는데 땅만 파다 보니 만난 사람이 한 명도 없었다.

오열은 갑자기 그것이 궁금해졌다. 아바타를 새로 만들면 여행을 해보고 싶어졌다.

"휴우, 이 짓도 내가 능력자니까 할 수 있는 것이지. 그런데 능력자가 되어서 이 무슨 미친 짓이냐."

오열은 다시 일어나 수레를 끌고 터벅터벅 안으로 걸어갔다.

끊임없이 이어지는 동굴을 보며 이 대단한 작업을 혼자 했다는 것이 믿겨지지 않는다.

오열은 자기가 생각을 해도 이것은 미친 짓이었다.

하지만 이 미친 짓은 드디어 점점 끝을 향해 달려가고 있었다.

시간이 흐르고 또 흘렀다.

그사이 다시 4개월이 지났다.

오열은 땅만 7개월을 판 것이다.

이제 목표지까지 10m 정도 남겨 놓았다.

기계에서는 점점 신호가 강해지고 있었다.

하루에 1m도 못 파고 있지만 오늘은 편법을 쓰기로 했다.

파낸 흙을 길가에 아주 조금씩 뿌리기 시작하자 하루 만에 목표지에 도달했다.

오열은 목표지에서 둥글게 원을 그리듯 팠다.

암석 사이에 붉은 보석이 딸려 나왔다.

이것이 그렇게 찾던 에너지스톤이었다.

오열은 그 자리에서 팔짝팔짝 뛰면서 만세를 불렀다.

오열은 정신없이 땅을 팠다.

연금술사라 바위 사이에 박힌 에너지스톤을 분리하는 것은 너무 쉬웠다. 이런 일에 특화된 캐릭터가 연금술사가 아닌가.

용매제를 만들고 돌을 집어넣으면 미세하게 틈이 벌어진다.

그것을 작은 망치로 탁치면 에너지스톤이 튕겨져 나온다.

하루 만에 10개의 에너지스톤을 채취하고 오열은 접속을 종료했다.

머리가 아파 도저히 더 접속을 할 수가 없었던 것이다.

'왜 이러지?'

오열은 아바타를 오래 접속하면 할수록 머리가 아파오는 것에 겁이 났다.

그래서 침대에 누워 천천히 작업을 하기로 했다.

변수는 땅속 몬스터밖에 없다.

만약을 위한 산소통도 준비되어 있으니 아바타가 죽을 일은 없었다.

이제 릴렉스하자 마음을 먹었지만 밤이 다가도록 잠이 오지 않았다.

오열은 새벽에 잠이 설핏 들었다. 그리고 정오에 일어났다.

몸이 무거웠다.

분명 몸이 예전보다 좋아졌는데 왜 이렇게 생활이 엉망이 되는 것인지 알 수가 없었다.

"빨리 일을 끝내고 새로운 아바타를 만들자. 그리고 새로운 아바타가 만들어질 때까지는 쉬도록 하자."

도저히 몸이 버텨낼 수 없을 정도였다.

가변형 아바타에 무슨 문제가 있는 것이 틀림없었다.

오열은 늦은 밤에 일어나 아바타에 접속을 하고 에너지스톤을 채취했다.

일주일 동안 작업을 하고 지니어스 23호로 돌아왔다.

오열이 돌아오자 본부는 난리가 났다.

그가 최초의 귀환자였던 것이다. 게다가 그가 내놓는 에너지스톤의 양은 놀라운 것이었다.

가방 하나 가득 에너지스톤이 담겨 있었던 것이다. 우주선 한국대표인 박수홍 준장도 나왔다.

"놀랍네, 놀라워. 자네가 한 일은 역사에 길이 남을 일이야."

"이것들로 새로운 아바타를 만들어주십시오. 이런 허접한 아바타 말고요."

"하하, 알았네."

오열이 캐온 에너지스톤은 사유재산이다.

적당한 가격에 국가가 매입을 하고 그 일부의 돈으로 새로운 아바타를 만드는 것이다. 그리고 그 차액을 현실 세계의 돈으로 받는 것이다.

"이제 끝났다."

오열은 접속을 끊고 나와 침대에 누워 죽은 듯이 잠에 빠져들었다.

깊고도 깊은 잠이었다.

오열은 이틀 만에 깨어났다.

침대에서 일어나니 허리가 끊어질 듯 아팠지만 몸과 마음은 상쾌하기 그지없었다.

모든 것을 마쳤다는 안도감, 그리고 성취감이 그의 몸을 가볍게 만들었다.

아바타에 기술상의 문제가 있는 것이 틀림없었다. 아니, 있는 것이 당연했다.

그렇게 먼 곳에 떨어진 아바타를 조정하는 일이 쉬울 일이 아니었다.

가만히 생각을 해보니 정부가 뭔가를 숨기고 있는 것이 틀림없었다.

오열은 일어나 씻고 차를 타고 PMC에 갔다.

모든 메탈사이퍼의 대외 업무는 이곳에서 한다. 따라서 에너지스톤을 판 대금도 이곳에서 받아야 한다.

오열은 담당자를 만나 통장을 확인했다.

놀랐다.

너무 어이가 없어 놀랐다.

통장에 입금된 돈이 23억에 불과했기 때문이다.

"하, 어이가 없네."

오열은 PMC의 로비에서 미친 듯이 발광을 했다.

시끄러워지자 결국 대외영업팀의 부장인 정인숙마저 나와서 말렸다.

"그 이유를 말씀드리겠습니다."

"이유는 무슨, 누굴 호구로 아나? 어!"

오열은 정말 화가 났다.

7개월을 오직 땅만 팠다.

가다가 땅속 몬스터를 만나면 두근거리는 가슴을 진정시키며 우회하기를 수십 번.

그런데 정부가 날로 먹으려고 하고 있다.

에너지스톤의 가치를 누구보다 잘 알고 있었다.

가변형 아바타 하나에 에너지스톤 100g이 들어간다.

그런데 그 아바타를 만드는데 수백억이나 받아 처먹고서는 오열이 가져다 준 에너지스톤은 헐값에 먹으려고 하니 말할 수 없이 화가 난 것이다.

눈에 보이는 것이 없어졌다.

그동안 참고 있었던 것들이 한순간에 터져 나왔다.

감옥보다도 못한 7개월이었다.

그 대가가 고작 이거라니!

오열은 다른 직원들에 의해 질질 끌려 사무실로 들어갔다.

정인숙 부장과 오지호 대리가 자리에 앉았다.

오열도 사무실에 들어와서는 정신이 들자 더 이상의 난동은 부리지는 않았다.

일반인에게 능력자가 어떤 상황에서든 주먹을 휘두르면 안 되었다.

그러니 어쩔 수 없었다.

"저기 말씀드리겠습니다."

"아, 필요 없습니다. 에너지스톤이 얼마나 중요한 자원인지 누누이 설명한 것은 그쪽입니다. 그래서 지난 7개월 동안 피를 토할 정도로 땅만 팠습니다. 그런데 이렇게 헐값으로 매입하면 우리나라에 팔지 않고 다른 나라에 팔겠습니다."

"아니, 그러시면 안 되죠."

"예전부터 우리나라는 힘이 없는 사람이 기술을 개발하면 강한 놈들이 날로 먹으려는 경향이 너무 강해서 믿을 수가 없습니다. 에너지스톤을 구입을 하려면 제값을 주든지 아니면 마세요."

"알겠습니다. 하지만 저희의 이야기도 좀 들어주십시오."

오지호 대리는 다급했다.

막말로 오열이 되돌려달라고 하면 당장 에너지스톤을 토해내야 한다.

그러나 에너지스톤은 지니어스 23호에 없어서는 안 되는 광물 가운데 하나다.

그 누구도 이렇게 많은 광물을 한번에 캐내어 온 사람은 없었다.

작년에 실패한 아바타 실험의 여파가 지금까지 미치고 있었다.

그때는 광물이 부족해서 아바타를 만드는 데 천문학적인 돈이 들었었다.

그래서 이번에 그 손해를 만회해 보려고 에너지스톤의 가격을 박하게 잡은 것도 있었다.

"휴우, 그러면 솔직하게 말씀드리겠습니다. 왜 그렇게 저희가 에너지스톤을 싸게 매입을 했는지. 이것은 극비사항이기는 해도 말씀드리도록 하겠습니다. 사실 아바타 사업에 조금 문제가 있습니다."

"그렇겠죠."

오열은 바로 받아쳤다.

요즘 들어서 그도 의심을 하고 있었다. 아바타에 문제가 있다고.

정인숙 부장이 쓴웃음을 지으며 입을 열었다.

"작년에 아바타 사업으로 정부가 입은 피해가 22조 7,500억 정도 됩니다."

"……?"

"물론 그것은 개별 아바타를 만드는 데 든 돈은 아닙니다. 아바타를 만들기 위해서는 기초 작업을 해야 합니다. 43광년 떨어진 행성에 아바타를 조정하려면 원칙적으로는 그 행성까지 사람이 가야 정상적입니다."

"그렇겠죠."

"하지만 그렇게 할 수는 없지요. 아무리 과학이 발달했어도 43광년이나 떨어진 거리입니다. 인간을 어느 한순간에 보낼 수는 없지요. 또 간다면 귀찮게 아바타를 조정할 필요도 없지요. 그들은 메탈사이퍼들이니까요. 지니어스 23호가 뉴비드 행성에 떨어진 것도 자력 폭풍에 휘말려 우주를 떠돌다가 우연에 의해 발견된 것이었습니다."

"그, 그래요?"

오열은 정인숙이 말하는 말에 흥미가 생겼다. 그래서 차분하게 그녀의 말에 귀를 기울였다.

"초기라 사소한 이런저런 실수가 있었습니다. 그 실수 가운데 워프진도 있습니다."

"……?"

오열은 이상한 생각이 들어 정인숙을 똑바로 바라보았다.

그러자 50대 중반의 정인숙이 미소를 지으며 말을 이어갔다.

"그 워프진이 지구에서 보내는 것에는 문제가 없습니다.

그러나……."

"그러나……?"

"가는 것은 문제가 없지만 오는 데는 문제가 있다는 말이지요."

"헐~"

오열은 뭐 이런 미친 이야기가 있나 하고 정인숙을 바라보았지만 그녀는 조금도 흔들리지 않고 오열을 바라보고 있었다.

거짓말이 아니라는 이야기다.

"아니, 그래도 그렇지 정도껏 해야죠."

"맞는 말씀입니다. 문제는 총리실에서 PMC의 예산을 대폭 삭감했다는 데 있습니다."

"아니, 미친 새끼들 아냐. 몬스터의 부산물로 에너지를 만들어 나라가 돌아가고 있는데 이렇게 우리 능력자들을 푸대접을 하고 이 나라가 잘도 돌아갈 것 같아!"

오열은 또 미친놈처럼 소리를 질렀다. 그 모습에 정인숙과 오지호가 벙찐 모습을 보였다.

'이 새끼는 또라이잖아!'

오지호는 오열을 보며 어이없어 했다.

그는 수많은 메탈사이퍼를 만났지만 이런 성격을 가진 사람은 처음이었다.

이곳 PMC가 어떤 곳인가?

능력자들을 관리하는 곳이다.

그래서 대부분의 능력자는 적어도 이곳에서는 조심스럽게 행동했다.

그런데 눈앞의 오열은 전혀 그렇지가 않았다.

"그래서 저희가 최대한 재원을 짜서라도 대금값을 올리겠습니다. 그러니 거래를 계속해 주셨으면 합니다."

"그래도 미국에다가 팔면 최소 10배는 받을 것 같은데요."

정인숙과 오지호는 입을 다물었다.

예산이 깎인 곳은 한국뿐이었다.

다른 나라들은 여전히 예산 지원이 잘되고 있다.

새로운 총리가 작년에 당선되고 나서부터 예산을 삭감하기 시작했다.

그러던 것이 몬스터가 휴지기에 들어가자 삭감폭이 더욱 커졌다.

하지만 언젠가는 나타날 몬스터였다.

역사가 그것을 증명하지 않는가!

지금도 수많은 학자가 가까운 미래에 다시 더 강한 몬스터가 나타날 것이라고 한 목소리로 이야기를 하는데 이 미친 정권은 이해할 수 없는 짓거리를 하고 있었다.

"저희가 그러면 어떻게 했으면 좋겠습니까?"

"최소한 반은 주셔야죠."

반으로 계산해도 100억이 넘는 돈이다.

하지만 그것을 아끼려고 거래를 안 할 수는 없는 법이다.

에너지스톤은 너무 구하기 힘든 자원이기 때문이다.

지니어스 23호가 지금 가동을 할 수 있는 것은 이 에너지스톤 때문이었다.

에너지스톤이 없다면 다른 연합군에 뒤처질 것이다.

미국은 물론 일본과 중국도 막대한 자금을 쏟아부어 새로운 행성을 개척하고 있었다.

하여튼 정치권이 문제였다.

어쩔 수 없는 것은 총리가 선거공약으로 내세운 복지문제를 해결하기 위해 이곳저곳의 재원을 줄여 자원을 조달하고 있었다.

PMC는 어쩔 수 없이 오열의 말을 들어주지 않을 수 없었다.

다음에도 거래를 해야 하는데 무시를 할 수 없었고 거래를 취소하고 다른 나라에 팔면 그것은 엄청난 참사다.

22조 7,500억이나 투자한 사업에 돈을 조금 아끼려고 망칠 수는 없는 일이다.

에너지스톤이 너무 필요하여 그 가치에 대해 정직하게 말해준 것이 실수라면 실수였다.

하지만 메탈사이퍼들과 정직하게 거래를 하지 않는다면 안정적인 거래를 할 수 없는 법이다.

정인숙은 나지막하게 탄식을 하며 어디에서 돈을 끌어올까 고민을 하기 시작했다.

오열은 정부와 협상을 안 할 수는 없었다.

그의 말처럼 다른 나라와 접촉하는 것은 말처럼 쉬운 일이 아니다.

그나마 한국이니 말이라도 통하지 막말로 아바타를 죽이고 빼앗아도 할 말이 없는 것이다. 그래도 최대한 양보를 받아냈으니 되었다.

오열은 에너지스톤을 협박카드로 내밀며 최고의 아바타를 만들어줄 것을 요구하였다.

이는 PMC도 당장 허락하였다.

1차 아바타 작전이 실패하고 나서 돌파구를 찾지 못하고 있었다.

그러기에 이제는 아바타를 만드는 것이 몇 개 없었다. 요구를 못 들어줄 이유가 없었다.

오열은 새로운 아바타가 만들어지는 것을 기다리며 유흥가를 기웃거렸다.

오늘도 오열은 여자를 꼬셔 호텔에서 뒹굴었다.

여자가 다리를 꼬아 오열의 허리를 휘감았다. 갸름한 여자의 얼굴에는 만족스러운 쾌락이 떠올랐다.

이런 원초적인 몸짓에 쾌락을 느끼며 시간을 죽이는 것은 한심한 일이었지만 종족을 유지시키려는 본능을 거부하기 힘들었다.

게다가 지금은 할 일도 마땅히 없었다.

몬스터도 나타나지 않고 에너지스톤을 캐는 일은 신물이 났다.

아랫배 끝자락에서 오는 자극적이고 묘한 쾌감.

따뜻하고 질퍽하기도 하며 또 마약과도 같은 흥분이 한꺼번에 몰린 후에 척추를 타고 온몸으로 퍼진다.

더욱이 심벌이 예전보다 커져 한번 그와 관계를 가진 여자들은 매번 자신의 연락처를 남겨놓지만 한 번도 연락을 한 적이 없었다.

한 번은 쾌락이지만 두 번째부터는 인연이 시작되는 것이기에 아무리 여자가 예뻐도 두 번은 만나지 않았다.

만약 다른 곳에서 만났다면 기꺼운 마음으로 만났을 것이다.

물론 여자를 계속 만나면서 섹스파트너로만 삼는 나쁜 남자들이 있다.

그들은 만날 때는 무척이나 잘해준다.

세상에 다시없을 자상함과 매너로 유혹을 해버리고는 싫

중이 나면 금방 여자를 버린다.

이런 남자가 소위 나쁜 남자다. 성격이 지랄 같은 남자가 나쁜 남자가 아니고.

그러면 여자는 나쁜 남자를 잊지 못한다.

원래 자신이 차는 것보다 차이면 더 애절해지는 법이다.

여자가 정신을 차리자 오열에게 다시 키스를 시도해 왔다.

오열의 몸이 다시 반응했다.

둘은 이것을 위해 만났다. 동물처럼 움직였고 동물처럼 신음을 토해냈다.

오열은 여자와 호흡을 맞추면서도 갑자기 엘리자베스의 아바타가 생각나자 걷잡을 수 없을 만큼 뜨거움에 사로잡혔다.

정신을 차리고 보니 여자가 기절해 있었다.

오열은 거품을 물고 쓰러진 여자를 위에서 물끄러미 바라다보며 이게 무슨 짓인가 싶었다.

그는 밤마다 다른 여자를 찾는 퇴폐적인 자신의 육체가 싫었다.

하지만 새로워지고 있는 육체는 너무 뜨거웠다.

여자가 없다면 폭발할 것 같았다.

도대체 자신의 몸에서 무엇이 일어나고 있는지 그는 도무지 알 수 없었다.

문득 그때 엘리자베스가 한 말이 생각났다.

"연습을 해야 해요."

연습이 무엇일까?

오열은 연습이 아바타에 한정된 것인 줄 알았다.

그런데 지금은 어쩌면 그것이 아닐 것이라는 생각이 들었
다.

특별히 논리적인 생각은 아니었지만 막연한 예감이었다.

그러고 보니 그는 지난 1년 동안 전혀 몸을 움직이지 않았
다.

겉으로 보기에는 오열의 신체는 확실히 좋아졌다.

하지만 뭔가 미진했다. 그래서 그는 러닝머신에 올라 땀을
뺐다.

며칠을 그렇게 실신할 정도로 뛰자 몸이 좋아지는 것을 느
꼈다.

그것은 몸에서 부조화가 서서히 없어진다는 느낌이었다.

'젠장, 현실 세계에서도 노가다를 해야 한다는 말이잖아!'

오열은 마시던 음료수병을 집어던졌다.

플라스틱으로 만들어진 병이 터졌다.

음료수통에 남아 있던 음료수가 터져 사방으로 날았다.

바닥이 지저분하게 되었지만 오열은 전혀 신경 쓰지 않았다.

원래부터 불량감자였던 그는 힘이 강해지면 강해질수록 성질이 더 나빠지는 것을 느꼈다.

이러면 안 되는데 하는 생각을 가졌지만 마치 사춘기 소년처럼 몸에 흐르는 호르몬을 제어할 수 없었다. 그럴 때마다 뛰고 또 뛰었다.

격렬하게 몸을 혹사시킬수록 마음이 차분해졌다.

그래서 오열은 무작정 뛰었다.

지난 7년 동안 어두컴컴한 동굴에서 땅을 파고 지냈다. 두더지보다 더 열심히 땅을 팠다.

그에게 그것은 견딜 수 없는 스트레스를 줬다. 더 이상 조롱받지 않겠다는 악 하나로 버텼던 것이다.

오열은 예전에 배운 무술도 다시 복습했다.

어리석었다.

무술이 필요 없는 것이 아니었다.

아무리 무공의 고수라 하더라도 메탈사이퍼를 이길 수는 없다.

하지만 메탈사이퍼가 배우면 그 위력은 말할 수 없이 커진다는 것을 간과했다.

아주 간단한 사실을 잊고 있었다니.

그것은 오열이 뿐만 아니었다. 대부분의 능력자 또한 그러했다.

어떻게 이것을 모를 수가 있지?

아무리 생각해도 믿을 수 없는 사실이었다.

그러자 오열은 PMC가 얼마나 주먹구구식으로 운영되는지를 깨달았다.

능력자의 각성만 해줄 것이 아니라 체계적인 훈련도 필요했다.

하지만 PMC는 몬스터가 현실에서 그다지 강하지 않고 쉽게 사냥이 된다고 해서 그런 것들을 생략해 버렸다.

오열은 스스로 강해져야 하는 것을 자각했다.

비전서로 능력을 올리는 것도 나쁘지 않지만 자신은 사이킥에너지가 레벨 9가 아닌가.

더 개발할 여지가 많았던 것이다.

그제야 눈앞이 선명해지기 시작했다.

깨달음이 빛처럼 몸으로 스며들었다.

비전서는 단지 이 레벨에 기인한 잠재 능력을 강제로 각성시켜 주는 것에 불과했다.

'하하, 어이없군. 나는 이제 최고가 될 거다!'

오열은 입가에 미소를 띠고 푸른 하늘을 바라보았다.

행복했다.

이제 몸을 식히기 위해 대학가를 전전하지 않아도 되고 더이상 사람들에게 무시나 굴욕을 당하지 않아도 된다.

"그리고 난, 영웅이 될 테니까!"

악당이 이렇게 태어났다.

악당은 그냥 존재하는 것이 아니다.

어떤 사건을 통해, 잘못된 교육을 통해, 비틀어진 삶을 통해 태어나는 것이다.

악당 한 마리가 알에서 깨어나고 있었다.

7장

현지인과의 조우

시간은 느리게 흘렀다.

현실에서 육체를 만드는 일은 고단했다.

그러나 오기와 깡으로 고통을 뼈에 새기며 오열은 앞으로 나아갔다.

지난 1년 반 가까이 땅만 파느라 현실에서 약해진 육체를 다시 강하게 만들었다.

오열은 경이로운 인내를 가지고 참고 또 참았다.

아바타를 만드는 데 들어가는 시간은 이전과 달리 6개월로 늘어났다.

오열의 요구를 PMC가 받아들였고, 지니어스 23호의 과학자들은 새로운 형태의 아바타를 만들기 시작했다.

그리고 마침내 아바타가 완성되었을 때 오열의 본체는 매우 강해져 있었다.

오열은 거울을 보며 미소를 지었다.

6개월 동안 개인 코치까지 고용해서 운동의 효과를 극대화했다.

그 짧은 사이에 키도 커졌고 외모도 변했다. 작고 귀여웠던 외모가 조금은 남자답게 변한 것이다.

"후후후, 멋지군!"

오열은 전신 거울에 자신의 알몸을 비쳐보며 자아도취를 하였다.

이런 멋진 몸을 그는 생전 처음 가져보았다. 그래서 자뻑에 깊이 빠졌다.

누가 보았다면 호수에 비친 아름다운 자신의 모습에 반하여 빠져 죽은 나르키소스의 화신이 나타났다고 말했을 정도였다.

평생을 찌질하게 살다가 모처럼 멋지게 변한 몸을 보니 그 스스로에게 감탄을 한 것이다.

오열은 아바타의 각인 과정을 무사히 마쳤다.

이 과정을 거치면 본체는 아바타와 더 긴밀한 동조를 이룰 수 있게 되었다.

영혼의 각인이라는 이 과정은 아바타에 생명을 불어넣는 작업을 하는 것이다.

접속할 때 아주 잠깐을 제외하고는 자신의 몸과 다를 바 없는 일체감이 느껴졌다.

이번에 접속은 아주 순조로웠다.

지난번처럼 어지럽거나 토할 것 같은 증상이 하나도 없었다.

한번 경험이 있어서라고 생각을 해보았지만 너무나 자연스러워서 오열은 놀라웠다.

모든 것이 너무나 자연스러웠다. 마치 자신의 영혼이 아바타에 전이된 느낌이었다.

"축하합니다."

오열이 아바타 배양실을 빠져 나오자 연구소의 직원들이 박수를 쳐줬다.

이철수 대령이 나와 아바타를 체크했다.

"엑셀런트 합니다."

"새로운 시도가 완벽하게 성공했군요. 이번에 만들어진 아바타는 메탈사이퍼의 잠재 능력을 최대한으로 끌어낼 수 있게 설계되었습니다."

주위에 있던 선임 연구원들이 한 목소리로 새로운 아바타에 대한 성공을 축하했다.

이 새로운 아바타는 유니크한 면이 많았다. 그리고 이전의 아바타보다 더 인간에 가깝게 설계되었다.

"좋군요!"

오열은 몸을 움직여 보았다. 가볍게 몸이 돌아간다. 주먹을 쥐어보니 힘이 넘쳤다.

알의 껍질을 깨고 갓 나온 새가 하늘을 향해 날개를 활짝 펼친 느낌이었다.

끝없이 새로운 세계를 향해 날 수 있을 것 같았다.

오열은 일주일간 새로운 아바타에 대한 교육을 마치고 마침내 우주 함선을 나왔다.

새로운 육체는 힘이 넘쳤다.

오열은 우주 함선 주변을 돌아다니며 몬스터를 사냥했다.

절벽에 동굴을 만들어 그곳에서 자고 먹으며 새로운 아바타의 적응 훈련을 착실히 했다.

떠날 수 있음에도 하지 않고 집요할 정도로 훈련을 하며 능력을 키웠다.

노가다는 땅만 파는 것이 아니었다. 훈련에서 노가다의 성과가 가장 크게 나타났다.

오열은 오늘도 가젤 한 마리를 잡아 불에 구웠다.

잘 구워진 고기는 향기로운 맛을 보여주었다. 양념이 잘된

가젤의 구이는 단백하고 쫄깃했다.

훈련을 하고 난 후에 먹는 식사는 굉장히 맛이 있다.

지구에서 즐기지 못하는 풍미를 이곳에서 즐길 수 있게 된 것은 만족스러운 일이었다.

식탐이 유난히 강한 오열은 이곳이 좋았다. 산에 나는 나물과 희귀한 약재들은 또 다른 별미였다.

몬스터가 득실거리는 숲에 있어도, 새로운 식물들을 만나도 오열은 두렵지 않았다.

그가 가지고 있는 첨단 장비, 그중에서 연금술사의 장비는 그런 면에 있어서 특화되어 있다.

얼마 전에 발견한 버섯처럼 생긴 이름을 알 수 없는 식물은 불에 그냥 굽기만 해도 프랑스 최고급 요리보다 더 맛있었다.

'하아, 몬스터만 없으면 이곳만큼 좋은 곳이 없겠구나.'

숲의 정경이 한 폭의 수선화처럼 아름답게 눈에 들어왔다.

비가 오고 난 뒤면 숲에는 오색 무지개가 서는 날이 많았고 나무들 사이에 피어오르는 물안개도 너무 멋졌다.

울창한 나무와 나무로 이어지는 숲이 끝나는 곳에는 기암괴석이 즐비하게 들어서 있다.

그곳에는 유독 절벽이 많았는데 절벽을 타고 작은 나무들이 손을 벌리며 하늘을 향해 손짓을 하고 있다.

게다가 호수와 폭포, 이름 모를 꽃들이 피어나는 광경은 저절로 입이 벌어지게 만들었다.

오열은 접속하는 시간 내내 훈련에 훈련을 거듭했다.

그리고 현실에서도 몸을 단련하는 일을 게을리하지 않았다.

이제 노가다는 그에게 너무 익숙한 일이었다.

2개월을 머물며 훈련을 하면서 몬스터를 잡았다.

이제는 요령이 생겨서 예전처럼 위기를 맞는 일이 극히 드물었다.

몬스터를 보면 대충 녀석들의 능력치를 한눈에 눈치챌 수 있었다.

원래부터 오열은 잔머리와 눈치가 빨랐다.

오열은 2개월 만에 숲을 떠나 여행을 시작하기로 결심했다.

떠나기 전에 아바타를 움직이는 데 필요한 에너지스톤을 채취하기 위해 폭포가 있는 곳으로 갔다.

동굴의 일부는 무너져 내려 막혀 있지만 그것들을 고치며 이틀 만에 에너지스톤이 있는 곳에 도착했다.

그리고 그곳에서 오열은 다시 이틀을 머물며 에너지스톤을 채취하여 가방에 넣었다.

에너지스톤이 아직 동굴에 많이 남았지만 언제까지 땅만 팔 수는 없는 일이었다.

그것은 너무 지겨웠다.

돈에 탐욕이 많은 오열이지만 땅굴만 봐도 토할 것 같아 더 무리를 할 수 없었다.

나오면서 오열은 동굴을 무너뜨렸다.

증거인멸이다.

나중에 혹시 마음이 변하면 다시 찾아올 것이다. 그전에 누구도 가져가지 못하게 한 것이다.

오열은 이전보다 더 큰 가방을 짊어지고 끝없이 펼쳐진 숲과 나무가 있는 평야를 가로지르기 시작했다.

오열은 엘리자베스가 알려준 아마스트라스 숲을 빠져나오는 데만 2개월이 걸렸다.

나무와 땅, 그리고 몬스터가 가득한 숲을 빠져 나오자 거친 황무지가 나왔다.

황무지를 따라 폭이 넓은 강이 흐르고 있었다.

오열은 그 강을 따라 끊임없이 내려갔다. 그렇게 20일을 걷자 풍경이 달라지기 시작했다.

"휴우, 드디어 나왔군. 빌어먹을! 지루해서 죽는 줄 알았네."

오열은 걷고 또 걷는 일은 너무 지루해서 가끔 나타나는 몬스터가 오히려 반가웠다.

걷다가 잔 적도 몇 번 있었다.

너무 적막하고 심심하다 보니 이야기를 나눌 수 있는 사람이 그리웠다.

그럴 때마다 접속을 종료하고 현실에서 사람을 만나고 싶었지만 아쉽게도 아는 사람이 없었다.

몬스터 파티 사냥을 하던 문창식이나 이사철과의 연락이 끈긴 지도 오래되었다.

이전에 알고 지내던 몇몇 사람도 아바타를 접속하면서 소원해졌다.

땅만 죽으라고 팠더니 거의 미친놈처럼 되어버렸다.

그럴 때에 TV를 보거나 간혹 뉴비드 행성에서 만난 엘리자베스의 아름다운 얼굴을 생각하곤 했다.

아바타를 만들면 연락을 하라고 엘리자베스가 말을 했어도 오열은 하지 않았다.

귀족이나 재벌로 보이는 그녀와 얽히는 것은 괜히 자신의 마음만 다치는 일이다.

아직 진지하게 여자를 사길 마음의 여유도 시간도 그에게는 없었다.

게다가 그는 나이가 22살밖에 되지 않았다.

아직 여자를 진지하게 만날 마음의 준비가 되어 있지 못했다.

"히힛, GO, 그냥 가는 거야. 마구 가는 거야."

오열은 아무도 없는 벌판에서 중얼거리며 걸었다.

그때였다.

저 멀리서 몬스터의 포효와 사람들의 비명 소리가 들렸다.

"뭐지?"

처음 보는 사람들이었다.

사람들이 몬스터에 포위되어 죽어가고 있었다.

갑옷으로 무장한 사람들이 오크 떼를 만나 거의 전멸 당하기 직전이었다.

로브를 입은 사람의 지팡이에서 얼음과 불이 간혹 날아가던 것도 멈추었다.

아직 인간을 본 적이 없던 오열은 신기하기만 했다.

그들이 죽어가고 있다는 사실에도 별달리 놀라운 마음이 들지 않았다.

마치 가상현실게임처럼 현실감이 전혀 없었던 것이다.

이제 몇 명이 남지 않았다.

그제야 오열은 에너지소드를 꺼내 들어 사람들 사이로 뛰어들었다.

메탈에너지가 들어간 에너지소드에는 붉은 검기가 흐르기 시작했다.

검을 휘두르자 오크의 몸통이 그대로 쪼개어졌다.

캬륵. 크르륵.

오크들이 갑자기 나타난 오열에게 달려들었다.

오크는 불리해도 뒤돌아 도망가지 않는 습성을 가지고 있다.

동족의 몸이 붉은 검기다발에 두 쪽이 나도 끊임없이 달려들었다.

그럴 때마다 오열은 에너지소드를 휘둘렀다.

붉은 검기다발이 지나간 곳에는 몬스터의 피가 허공으로 튀어 오르곤 했다.

제프는 암담하였다.

오크가 내려친 몽둥이에 어깨를 맞아 전투 불능의 상태가 되었다.

이제는 몬스터의 먹이가 되겠구나 하고 포기하려는 데에 어디선가 이상한 갑옷을 입은 남자가 뛰어들었다.

남자는 거대한 검을 휘둘렀다.

검에서 붉은 오러가 뻗어 나와 몬스터의 몸을 수박처럼 쪼개고 있었다.

'헉! 소드마스터다!'

그는 너무 놀라 두 눈을 부릅떴다.

땅바닥에는 이미 몬스터의 먹이로 변한 동료들과 기사들의 시체가 어지럽게 흩어져 있었다.

안도의 한숨이 나왔지만 이미 죽은 사람들이 대부분이었다.

용병이 된 지 얼마 되지 않은 그는 이번 의뢰를 받아들인 후에 금방 후회를 했다.

몬스터 숲으로 유명한 아마스트라스를 탐사하는 것치고는 너무 허술했기 때문이다.

아니나 다를까 목표에 도달하기도 전에 몬스터들의 습격으로 괴멸된 것이다.

이해할 수 없는 탐사대였다.

그는 주위를 돌아보았다.

자신과 마찬가지로 갑자기 나타난 소드마스터에 놀란 듯 눈이 튀어나올 것 같은 표정으로 바라보고 있었다.

살아남은 사람은 자신을 포함하여 3명뿐이었다.

그들 모두 용병이었다.

실력이 일천하여 싸움의 전면에 나서지 않은 탓이다.

물론 고용주가 용병들에게 앞에 설 것을 명령했지만 난전이 시작되면서 슬금슬금 뒤로 빠진 덕분에 목숨을 건졌다.

만약 소드마스터가 나타나지 않았다면 그는 죽었을 것이다.

산채로 오크에게 뜯어 먹히는 동료들의 비명 소리에 너무 놀라 제프는 제대로 싸우지도 못하고 뒤로 물러가기를 계속

했다.

순식간에 남자가 100여 마리의 오크를 물리치고 다가왔다.

"고맙습니다. 덕분에 살았습니다."

"고맙습니다."

"은혜를 입었습니다."

살아남은 세 명이 모두 일제히 감사를 표했다.

다른 이도 아니고 소드마스터다.

검을 든 자의 궁극의 목표를 이룬 자.

소드마스터!

제프는 경의에 가득한 눈으로 소드마스터를 바라보았다.

하지만 그는 아무 말도 하지 않았다.

오열은 막상 인간들을 도와 오크 떼를 물리쳤지만 말을 알아들을 수 없었다.

불어 같기도 하고 영어 같기도 했다.

물론 지구의 언어일 리는 없었다. 단지 발음이 굉장히 부드럽게 들렸을 뿐이다.

어쨌든 이들과 대화를 시도해야 한다.

"반갑습니다."

"⋯⋯?"

"⋯⋯?"

오열이 말을 하자 3명 모두 눈을 크게 뜨고 입을 벌리고 멍하게 바라본다.

오열은 피식 웃었다.

역시나 언어는 통하지 않았다. 새삼스러울 것이 없었다.

이미 예상했던 바였다.

오열은 이 행성에서 인간을 처음 만난 것이 신기했다.

남자들은 금발과 브라운 머리색이었고 피부는 모두 백인
이었다. 키는 오열보다 조금 컸다.

시간이 조금 지나자 정신을 차린 용병들이 미안한 표정을
지었다.

오열은 피식 웃어주고는 오크를 몇 마리 도축했지만 마정
석을 얻을 수는 없었다.

지구에는 이 정도 몬스터라도 최하급 마정석을 얻을 수 있
었는데 조금 아쉬웠다.

오열은 아마스트라스 숲에서 이미 충분한 마정석을 얻었
기에 별로 신경을 쓰지는 않았다.

목숨을 구한 남자들이 처음에는 고마워하다가 시간이 지
나면서 흘깃거리며 죽은 자들의 시체를 바라보았다.

오열이 눈치를 보니 일행이기는 하지만 옷이 다르고 행동
도 이상해 감을 잡았다.

'자식들, 까고 있네. 살려줬더니 부수입마저 노리려고 하
고 있군.'

오열이 가만히 있자 드디어 한 명이 시체에게 다가갔다.

이런 의뢰를 하는 원정단의 기사들은 무장을 단단히 하기에 남은 검과 방패 등이 돈이 되었다.

용병들은 이런 것들을 습득한 후에 개인적으로 착복하는 경우가 많았다.

물론 귀족의 것은 해당 가문에 돌려주고 사례를 받곤 했다.

오열은 재빨리 땅바닥에 굴러다니던 검을 발로 찼다.

검이 쏜살같이 날아가 불로소득을 얻으려던 남자의 바로 앞에 박혔다.

"헉!"

남자가 기겁을 하며 바로 멈췄다.

다른 두 명의 용병도 마찬가지였다.

어쨌든 죽은 자들의 유품을 챙기고 돈이 될 만한 것은 건져서 돌아가야 한다.

하지만 오열이 노려보자 남자들은 얼어버렸다.

상대는 소드마스터다. 그리고 목숨을 구함을 받았다.

눈앞에 불량하게 보이는 남자가 아니었다면 모두 죽었을 것이다.

'도대체 왜 저러지?'

제프는 이해할 수 없었다. 그래서 가만히 있었다.

남자가 뭐라고 소리를 질렀다. 그러나 알아들을 수 없었다.

'뭐지? 이 남자는 도대체 어디에서 왔지?'

함뮤트 대륙에는 여러 나라의 말이 있지만 함뮤트 제국에서 갈라져 나와 언어들이 서로 유사했다.

타국어라 하더라도 배우기가 아주 쉬웠기에 용병들도 몇 개 언어를 하곤 했다.

오열은 소리쳤다.

"이 개새들아. 이건 내 꺼야. 어디서 내 껄 스틸하려고 그래."

오열은 눈치 깠다.

살아남은 이들은 죽은 자들과 아무 상관이 없다는 것을.

한번 찔러보니 역시나 맞았다.

탐욕으로 번들거리는 놈들의 눈을 보니 확신이 들었다. 눈치하면 오열이다.

오열은 천천히 죽은 자들의 몸을 뒤졌다.

몬스터도 해체하고 뼈를 바르고 힘줄을 꺼내는 일도 했는데 시체를 뒤지는 일쯤이야 아무것도 아니었다.

죽은 사람을 보는 것은 조금 거북하기는 했다.

그러나 아직 이것이 진짜 사람이라는 생각은 많이 들지 않았다.

아직까지는 가상현실게임처럼 현실감이 와 닿지 않았던 것이다.

오열은 먼저 화려한 옷을 입은 자들부터 뒤졌다.

원래 있는 놈들이 옷도 잘 입는다. 진짜로 있는 놈들은 명품을 추리닝처럼 입는다.

그의 생각대로 그들의 품에서 은화와 금화가 나오기도 했고 값싼 보석이 나오기도 했다.

검과 창을 보았다.

단단하고 날이 잘 벼리어졌지만 별로 대단치 않은 무기들이었다.

오열은 그것들은 모두 버렸다.

버리어진 것들은 곧 살아남은 자들의 차지가 되었다. 용병들은 오열이 버린 것들을 줍고는 좋아했다.

오열은 폐품 수집에서 만족스러운 결과를 얻지 못했다.

그래도 이렇게 한 것은 자기 것은 절대로 남에게 빼앗기는 것을 눈뜨고 보지 못하는 그의 성격 탓이었다.

이 세계에서 사용되어지는 약간의 돈도 챙겼다. 동그란 타원형 모양의 금화는 순금이었다.

"금화가 몇 개밖에 없다니. 일당이 너무 약하군!"

오열이 허탈해 있자 옆에 있던 제프가 작은 가죽 가방을 내밀었다.

"뭐죠?"

"마법사의 가방입니다."

오열은 물론 제프의 말을 알아듣지 못했다. 그러나 제프가 주는 가방을 바라보았다.

가죽 가방인데 특별한 것으로 보이지 않았다.

명품 가방도 아닌 평범한 가죽 가방을 내미는 것을 보고 의아했지만 오열은 뭔가 느껴지는 것이 있었다.

그래서 얼른 받아서 가죽 가방을 열어보려고 했다. 그러나 도저히 열리지 않았다.

오열은 제프를 바라다보았다.

그러자 제프가 다가와 입구의 단추에 손을 올려놓고 '오픈'을 외치자 가방이 저절로 열렸다.

"호, 신기하네. 음성인식인가?"

오열은 아직 이 가방을 진정한 가치를 알아차리지 못했다.

육안으로 가방 안을 들여다 보았지만 아무것도 보이지 않았다.

마법으로 만들어진 가방을 그가 보자마자 알아본다는 것은 말이 안 되었다.

"이게 뭐야?"

오열은 가방을 거꾸로 뒤집어서 탈탈 털었다. 그러자 많은 물건이 쏟아지기 시작했다.

"호오. 굉장한데."

오열이 가지고 있는 가방은 압축 강화 가방이다.

PMC에서 만들어주는 가방은 일반적으로 부피의 3배까지 압착된다.

가죽과 같은 것은 5배까지 압착이 된다. 그리고 꺼낼 때는 거의 90% 이상의 원형이 유지 된다.

오열은 과학이나 마법에 대해 모르지만 작은 가방에 많은 물건이 쏟아진 것을 보고는 금방 이 가방의 용도를 깨달았다.

'뭔가 내게 바라는 것이 있나 보군. 아니면 구해준 것이 고마워서 준 것일 수도 있겠고.'

오열은 고맙다고 하며 그의 어깨를 두드려줬다.

그러자 제프가 황송하다는 표정을 지었다.

용병 주제에 소드마스터의 격려를 받았으니 기분이 날아갈 것 같았다.

용병들은 이 거대한 숲을 떠나려면 오열의 도움이 필요했다.

몬스터의 숲 초입이지만 오랜 시간을 걸어서 왔다.

중간에 몬스터를 간간히 만나기는 했지만 지금처럼 많은 오크 떼는 처음이었다.

2서클의 마법사와 기사 3명, 그리고 영지의 병사 50명이 몰살당한 것은 어제 오우거를 만나 적지 않은 피해를 입었기 때문이었다.

마법사는 물론 기사들도 지쳐 있었고 병사들은 다친 사람이 많았었다.

이들은 메텔레스 영지의 카르디어스 영주가 보낸 탐험대로 몬스터의 숲을 정찰하는 것이 목적이었다.

메텔레스 영지와 몬스터 서식지 중간에는 데논 평야가 있는데 강을 끼고 있는 기름진 땅이었다.

영주는 이 땅을 개간하고 싶어 하였는데 문제는 몬스터들이 때때로 데논 평야에 출몰하는 것이었다. 그래서 몬스터 숲에 대한 조사가 필요했던 것이다.

처음에는 고블린과 같은 하급 몬스터만 있어서 어려움이 없었다.

하지만 오크가 한두 마리도 아니고 200마리나 몰려들어 공격을 했으니 아무리 좋은 무기로 무장을 한 기사와 마법사가 있다고 하더라도 무리였다.

용병으로 고용된 50여 명도 모두 죽었다. 살아남은 3명은 순전히 운이 좋아서였다.

오열은 물건을 다시 가방에 담았다. 그리고 걷자 세 명의 남자들이 뒤를 따라왔다.

그들은 죽은 자의 물건을 추려 등 뒤에 짊어지고 따라왔다.

그 모습을 보고 오열은 그들이 원하는 것을 알게 되었다.

'이런, 이런 나를 보디가드로 쓸 모양이군. 그래서 저 녀석이 가방을 갖다 바친 것이었군.'

오열은 자신을 존경해서 바친 제프의 성의를 그렇게 왜곡했다.

받아먹은 것이 있으니 불만은 없었다. 가면서 이곳의 말도 배우면 더 좋을 것이라고 생각했다.

오열은 자신을 가리키고 '오열'이라고 말하자 제프는 재빨리 알아차리고 자신을 소개했다.

이후 다른 두 명의 용병도 '알렉스'와 '조이'라고 소개를 했다.

눈치가 빠른 오열은 금방 언어를 배우기 시작했다.

'이게 뭐야?' 하고 손으로 가리키면 제프가 재빠르게 대답을 해주었다.

하루가 지나 '밥 먹어. 자라. 기다려. 위험해' 등 쉬운 말은 할 수 있게 되었다.

그다음부터는 일사천리였다.

어눌하지만 일상생활에 필요한 단어들은 어느 정도 암기하게 되자 아주 간단한 대화들이 가능하게 되었다.

제프는 3급 용병으로 견습기사 출신이었다.

원래 눈치가 빠르고 힘든 일을 천성적으로 싫어했다.

그래서 기사훈련을 견디지 못하고 뛰쳐나와 한동안 방황하다가 용병이 되었다.

용병이 되자 수입은 괜찮았지만 대우가 별로였다.

기사들과 용병의 신분은 하늘과 땅 차이다. 그래서 그는 돈을 모으면 장사를 할 생각이었다.

알렉스는 어릴 때부터 용병이 되는 것이 꿈이었다.

아버지가 뒷골목 건달이었는데 죽기 전에 용병을 하라고 유언을 남겼다.

뒷골목 건달보다 용병이 훨씬 좋았다.

조이는 얼떨결에 용병이 되었다.

힘이 세지만 배운 검술이 없어 제대로 된 용병을 할 수 없었다.

그마나 용병생활을 할 수 있었던 것은 타고난 엄청난 힘 때문이었다.

이들이 속한 나라는 함뮤트 대륙의 서쪽에 있는 오스만 왕국이었다.

메텔레스 영지의 카르디어스 남작은 영지를 부유하게 만들기 위해서는 데논 평야를 반드시 개간해야 한다고 생각했다.

하지만 데논 평야는 넓고 풍요로운 곳이긴 하지만 몬스터가 많았다.

그래서 과연 몬스터 숲이 얼마나 많은 몬스터가 있는지 조사해야 했다.

만약 이삼 일 정도의 거리에 강력한 몬스터가 있다면 위험하다.

몬스터의 위협이 너무 가까이 있기 때문이다.

제프는 밤마다 사라지는 오열을 이상하게 생각했다.

그러나 그에게 감히 물을 수는 없었다.

소드마스터라 존경은 하지만 성질이 개떡 같았기 때문이
다.

이제 오열과 함께한 지 5일째다.

그런데 오늘은 아침이 되어도 돌아오지 않고 있었다.

제프는 더 기다리기 원했지만 나머지 두 명이 떠나기를 원
했다.

이제 데논 평야에 들어섰다.

이곳에 나타나는 몬스터는 고블린 정도다.

기사들의 판금갑옷을 입은 그들은 고블린을 두려워할 필
요가 없다고 판단했다.

제프는 그들을 따라가면서도 왠지 뒷목이 따가워 불안했
다.

그 시간 오열은 어제 저녁에 술을 마시고 여자와 새벽이 되
도록 같이 있었다.

새로운 세계는 흥미로웠지만 지루했다. 아니, 더 솔직한 심
정은 이제 연애가 하고 싶어졌다.

그것은 변덕스러운 감정이었다.

여자라면 치를 떨던 그가 마음이 바뀐 것은 너무 외로워서였다.

땅만 파다가 아바타를 새로 만들어 여행을 떠났어도 만난 사람은 남자들뿐이었다.

처음에는 재미가 꽤 있었다.

말도 배우고 새로운 세계에 대해 알아가는 것이. 그러나 걷고 또 걷다 보니 지루해진 것이다.

이제는 여자를 사귀되 연애만 하면 되지로 바뀌었다.

모르는 여자와 자극적인 섹스도 이제 질렸다. 쾌락만 있었고 정서적 공유가 없었다.

다정하게 속삭이는 연인의 소리가 그리워진 것이다.

"아, 머리야. 골이 울리네."

오열은 침대에서 일어나 물을 벌컥벌컥 마셨다. 물이 식도를 타고 넘어가자 정신이 들었다.

주변을 둘러보니 호텔방이다. 여자는 당연히 가고 없었다. 어제 여자는 별로였다.

"젠장, 돈만 날렸네."

오열은 여자 친구의 다정한 목소리가 새삼 그리웠다.

이제 돈도 많으니 못 사귈 것도 없었다.

평생 독신으로 살 생각도 없으니 말이다.

혼자만 있다 보니 감성이 삭막해지고 있어 사람 냄새를 맡고 싶어졌다.

오열은 오후가 되어서 집으로 돌아왔다.

소파에 앉아 물을 마셨다.

그래도 안 한 것보다는 나았다.

사람을 만난다는 것 자체에서 어느 정도 스트레스가 해소되었기 때문이다.

제프는 알렉스와 조이를 말리지 못한 것이 후회가 되었다.

간혹 가다가 나타나는 소형 몬스터 때문에 오도 가도 못하고 평원에서 고립되고 만 것이다.

기사들의 판금갑옷으로 새로 무장한 용병들은 고블린의 독침에 거의 영향을 받지 않았다.

플레이트 판금갑옷이 독침을 튕겨냈다.

그러나 용병의 수가 너무 적어 고블린을 처치하지도 못했다.

이전에는 마법사와 기사, 그리고 100여 명이나 되는 병사와 용병들 때문에 소형 몬스터들은 아예 덤비지도 않았다.

심지어 오우거마저 나타나 소동을 부리다가 도망가지 않았는가.

물론 죽은 사람과 다친 사람이 있었지만 말이다.

가지고 있던 음식도 점점 떨어지고 있어 이제는 목숨을 걱정해야 할 처지가 되었다.

그제야 조이와 알렉스도 오열을 기다리지 못하고 떠난 것을 후회하기 시작했다.

장비가 바뀌자 은근히 자신감이 생겼고 하루라도 빨리 가지고 있는 장비들을 처분하여 시원한 맥주를 마실 생각에 서두른 것이 탈이 났다.

"휴우, 좀 더 기다릴 것을 그랬어."

"그러게 말일세."

제프는 후회를 하는 알렉스와 조이를 바라보았다.

그러기에 자신이 말리지 않았는가

조금 더 기다려보자고.

하지만 제프 혼자 그곳에 남을 수는 없었다.

"아, 배고파."

"물도 이제 없어지고 있어."

"고블린은 어디로 갔지?"

"우리가 움직이면 공격해 와."

이들이 있는 곳은 입구가 좁은 곳이었다.

동굴이나 협곡은 아니었지만 주위에 나무가 많아 고블린이 공격하기가 쉽지 않았던 것이다.

그렇지만 이들이 고블린을 물리칠 방법도 없었다. 고블린의 숫자가 너무 많았던 것이다.

"하지만 힘이 남아 있을 때 돌파를 해야 해."

"맞아. 그렇지 않으면 우리는 굶어 죽을 것이야."

세 명 모두 고개를 끄덕였다. 고블린 한 마리는 별거 아니었다.

하지만 이것들이 뭉치면 굉장히 강했다.

세 명의 용병이, 그것도 별반 능력이 뛰어나지 않은 이들이 문제를 해결하기란 쉽지 않았다.

하지만 해야 했다.

지금은 죽기 아니면 살기였다.

오열은 하루를 쉬고 아바타에 접속을 해보니 용병들이 사라지고 없었다.

인간이 사는 마을까지 인도를 해줄 호구들이 사라지자 짜증이 밀려왔다.

이것들이 있어도 심심했지만 없으니 더 지루해졌기 때문이다.

"이것들도 있다가 없으니 아쉽네."

오열은 빠르게 걸었다. 한참을 가는데 몬스터들의 소리가 들려왔다.

'뭐지?'

가까이 다가가 보니 고블린에게 둘러싸인 용병들이 보였다.

어이가 없었고 한심했다.

오열은 일단 자신이 아쉽기 때문에 고블린들을 물리치고 용병들을 구해주었다.

그리고 말 한 마디도 하지 않고 세 명의 용병을 개같이 팼다.

"아! 왜 때리십니까?"

"살려주세요."

용병들은 소리를 질렀지만 오열은 그들에게 아무 말도 하지 않고 팼다.

별 이유는 없었다.

패다 보니 스트레스가 해소되었다. 기분이 나빠서 그냥 팼는데 패다 보니 이유가 생각났다.

같이 마을로 가자고 용병들이 먼저 청했었는데 마을이 가까워지자 튄 것이다.

그러니 기분이 나빴던 것이다.

전날 원나잇이 기분 나빠서 팬 것은 절대 아니었다. 오열은 그냥 그렇게 생각하기로 했다.

눈언저리가 판다곰처럼 된 용병 세 명이 오열의 눈치를 살피기 시작했다.

상대는 소드마스터에 성질까지 더러웠다.

게다가 주먹도 무지 셌다.

맞을 때마다 뼈가 울렸던 기억을 하자 몸이 부르르 떨려왔다.

"저기 오열님, 배가 고프지 않으십니까?"

"별로 고프지 않은데."

"아니, 배가 고프시면 저희가 준비를 하겠습니다."

"니들이 배고픈 것이 아니고?"

"절대 아닙니다."

알렉스가 재빨리 대답을 했지만 배에서 꼬르륵 소리가 났다.

오열은 그 소리를 듣고 한심하다는 듯이 바라보았고 알렉스는 갑자기 딸꾹질을 하기 시작했다.

매 앞에서는 장사가 없다.

*   *   *

오열은 호구들을 데리고 일단 평야를 떠났다. 데논 평야를 벗어나자 몬스터는 보이지 않았다.

'저놈들 목숨을 두 번이나 구해줬는데 고맙다는 말도 제대로 못 받았군. 나쁜 새끼들 같으니라고.'

오열은 위험한 곳을 벗어나자 좋아하며 자신의 눈치를 살피지 않고 자기들끼리 쑥덕이는 모습을 보니 기분이 상했다.

현실에서도 아무 상관이 없는 사람의 목숨을 구해줬다면 감사의 말은 물론 식사대접이라도 받았을 것이다.

아울러 돈의 여유가 있는 사람들은 적지 않은 사례비를 챙겨줬을 것이다.

생각해 보니 괘씸했다.

그런데 저 용병들은 아무것도 없다.

물론 용병들은 고맙다는 인사를 했다.

하지만 그때는 오열이 이곳 대륙의 말을 알아듣지 못해 감사의 인사를 하지 않은 것이라고 오해를 한 것이다.

오열은 기분이 상하자 이참에 뭔가 장난을 치고 싶어졌다.

남이 잘되는 꼴을 못 보는 오열이다. 게다가 자신의 모습은 현실도 아니고 아바타가 아닌가.

'저놈들은 나 때문에 살고 또 돈도 많이 벌었잖아.'

오면서 이곳의 무기가 비싸다는 말을 듣고 아쉬웠다.

왜 그렇게 무거운 것을 싸짊어지고 오는가 했더니 다 이유가 있었던 것이다.

오열의 생각대로 용병들은 한몫 단단히 챙겼다.

등 뒤에 불룩한 짐들은 용병들에게 아주 큰돈을 가져다 줄 것이다.

재주는 곰이 부렸는데 돈은 엄한 놈이 버는 것 같아 기분이 상했다.

'음, 그러고 보니 저것도 다 내가 준 것들이지.'

용병들은 오열이 필요 없다고 생각하여 버린 것을 주운 것이었지만 오열은 자기 마음대로 용병들에게 준 것이라고 생각했다.

오열은 그들을 불러 세운 다음에 인상을 쓰며 주먹을 불끈 쥐었다.

마을에 다가왔다고 좋아했던 용병들의 얼굴의 얼굴은 순식간에 긴장감으로 굳어버렸다.

오열은 보디랭귀지를 사용하면서 용병들에게 자신의 생각을 밝혔다.

"너희, 나 때문에 살았어. 그리고 내가 너희에게 그것들을 줬지."

오열의 말에 용병들이 고개를 갸웃했다.

눈을 크게 뜨고 무슨 말이냐고 꿈벅거렸다.

그러나 한국말로 하는 데도 제프는 눈치가 빨라 알아들었다.

"네, 물론입니다. 오열님이 주신 것들이죠."

"그러니까 3개월 동안 내 부하를 하도록 해."

오열이 손가락 3개를 펴고 주먹을 쥐자 다시 심각한 표정들을 지었다.

3일 동안 때린다는 말로 들렸던 것이다.

떠듬떠듬 오열이 설명하자 그제야 용병들이 말을 알아들 었다.

"그러니까 우리보고 3개월 동안 부하를 하라는 건가?"

"뭐 과한 것은 아니지만 진짜 쪼잔하다, 그치."

조이가 알렉스를 보고 작게 소곤거렸지만 오열은 눈치가 빠르다.

특히 욕하거나 뒤담화를 하는 것은 기가 막히게 알아차린 다.

"이 자식들이. 맛을 보고 싶어?"

"헉, 아닙니다요. 절대로 아닙니다. 때리지 말아주세요."

오열이 인상을 쓰자 용병들이 기겁을 했다.

하도 오지게 맞다 보니 머리는 가만히 있어도 몸이 먼저 반 응한다.

오열이 째려만 봐도 저절로 부들부들 떨렸던 것이다.

"야, 하자. 하자. 오열님 덕분에 한몫 단단히 잡았잖아."

"그렇지. 하하."

"그렇고말고."

용병들이 비굴한 웃음을 지으며 오열에게 고개를 숙였다.

원래 용병들의 세계도 힘센 놈이 제일이었다.

까라면 까야 했다.

더구나 상대는 소드마스터에 생명의 은인이었다. 더욱이

성질도 더러웠다.

2일 후에 드디어 산골 마을에 도착했다.

폐쟌 마을은 인구 100명밖에 안 되는 작은 마을이었다. 메텔레스 영지의 서쪽 끝에 있는 마을이다.

"와, 마을이다."

"휴우, 드디어 마을이네. 죽다 살아났네."

"여기가 폐쟌 마을이라고 합니다. 오열님."

역시 이번에도 눈치가 빠른 제프가 가장 먼저 오열을 챙겼다.

인상을 쓰고 있던 오열의 얼굴이 그제야 펴졌다.

사실 오열은 처음 보는 마을 때문에 약간 긴장이 되었었다.

인간이 사는 마을을 본다는 것은 이제부터 이곳의 문화를 경험한다는 말이기도 했기 때문에 걱정과 기대가 많았다.

원래부터 용병들을 구해준 것은 자신이 써먹기 위해서였다.

아직까지는 인간이나 몬스터나 그다지 차이점을 크게 느끼지 못하고 있는 오열이었다.

이런 이질감 때문에 PMC는 인간들을 절대 죽이지 말고 인간이나 유사인종의 역사에 끼어들지 말라고 말했었던 것이다.

현실감의 부족.

메탈사이퍼들은 모두 초능력자이다.

평범한 인간들보다 힘이 월등하게 강하다.

게다가 메탈에너지를 다룰 수 있어 무장을 하면 굉장한 능력을 발휘하게 된다.

그러니 이계에서 자연스럽게 다가오는 이질감을 가상현실게임처럼 생각하면 큰 문제를 야기할 수 있다.

사실 아바타들은 가상현실게임과 그다지 차이를 못 느끼고 있었다.

그만큼 아바타가 잘 만들어진 것도 있고 가상현실게임이 너무나 실제 같아서이기도 했다.

용병들은 폐쟌 마을에 들어와 하나밖에 없는 여관에 묵었다.

여관이라고 해봤자 민박 수준보다 약간 나을 정도였다.

외진 마을이라 여관을 이용할 사람이 거의 없었기 때문이다.

아주 가끔 상인들이 올 때에 묵는 용도로밖에 쓰일 곳이 없었다.

"어서 오십시오. 숙박을 하실 것입니까?"

"그렇소. 방 2개에 식사를 부탁하오."

여관 주인이 웃으며 말을 걸어오자 제프가 목에 힘을 주고 여관 주인에게 말했다.

그 모습을 보고 오열은 뭔가 달라진 느낌을 받았다.

이들은 자신의 눈에 보기에 허접한 놈들이지 그래도 한주먹 하는 녀석들이다. 그러니 몬스터가 득실거리는 그 숲에 온 것이다.

'일단 이용해 먹고 도움을 줄 수 있는 것은 아주 조금 힘을 써주자. 뭐하면 돈을 약간 주든지.'

일단 믿을 수 있는 사람이 필요했다. 그리고 이들이라면 약간은 믿을 수 있을 것 같았다.

오열은 자신이 용병들의 목숨을 구해준 대접은 받고 싶었다.

그것은 그의 몫이었다.

오열은 얼굴도 모르고 이름도 모르는 놈들을 위해 그 많은 오크와 싸웠다.

마정석도 없는 찌꺼기들과 말이다.

공짜가 아니었다.

'암, 은혜를 모르면 그건 인간이 아니고 몬스터와 다를 바가 없지.'

오열은 이렇게 용병들을 착취하는 것을 당연한 것으로 여겼다.

마을은 평화로웠다.

몬스터들이 침범하는 겨울에 간혹 마을 장정들이 경계를

서야 하는 것을 제외하고는 넓은 들과 산에서 나는 것들로 인해 풍족한 삶을 살고 있었다.

이렇게 풍요로운데도 불구하고 인구수가 작은 것은 도시와 너무 많이 떨어진 탓이다.

"여기서 일주일 정도를 가야 중심가인 페테가 나옵니다. 그 페테가 그나마 이곳 메텔레스 영지에서 가장 번화가입니다."

제프의 말에 오열이 고개를 끄덕였다.

완전하게 알아듣는 것은 아니지만 대충 무슨 뜻인지는 알았다.

원래 말은 듣는 귀가 먼저 트이는 법이다. 그래서 오열은 말은 못해도 듣는 것은 특유의 눈치로 짐작하면 거의 대부분이 맞아 들어갔다.

"흠, 그렇군. 밥 먹자."

"네, 오열님."

제프가 오열의 말에 재빨리 대답하고 주문을 시켰다.

이제 마을로 들어온 이상 부자가 되는 것은 시간문제였다.

100명이 가졌던 장비들을 모두 수거해 왔기에 그것을 처분하면 한몫 잡을 것이기 때문에 용병들은 기분이 좋았다.

오열은 신기했다.

마을을 보고 사람들을 보니 아주 약간은 이들이 사람이라는 느낌이 들었다.

그렇다고 지구의 사람들만큼 피부로 와 닿지 않았다.

지구에서 오열은 사회의 일원일 뿐이었지만 지금 이 뉴비드 행성에서는 이방인에 지나지 않았다.

양송이 스프와 오믈렛을 먹으니 맛이 있었다. 오열은 그래서 1인분을 더 시켜 먹었다.

"스테이크와 같은 음식은 다음 마을에 가서야 팝니다. 이곳은 마을이 작아 고급 요리는 준비가 되어 있지 못합니다."

"이것도 맛있네."

오열은 제프의 말에 고개를 끄덕이며 대답을 했다.

조이와 알렉스도 오랜만에 먹어보는 음식이라 아주 맛있게 먹었다.

마을에 도착하여 음식을 먹는 것도 좋았지만 무엇보다도 가장 좋은 것은 침대 위에서 편안히 편히 자는 것이었다.

그동안 용병들은 야영을 하면서 잠을 제대로 못 잤다. 돌아가면서 불침번을 서야 했기 때문이다.

용병들은 큰 방에서 여장을 풀었다.

목욕을 하고 그대로 잠이 들었다.

오열은 딱딱한 매트리스가 불편했다.

그래도 야외에서 자는 것보다는 낫지만 오열은 대부분 저녁 취침시간에는 접속을 종료했기 때문에 불편함을 못 느끼고 있었다.

오늘은 한번 자볼까 하다가 침대가 불편하여 결국 접속을 종료하고 나왔다.

오열은 접속을 종료하고 나와 거실에서 멍하게 있었다.

잠을 자야 하는데 쉽게 잠이 오지 않은 밤이었다.

인생이 어디로 가고 있는지 또 어떻게 살아야 하는지 불안했다.

돈을 벌면 호의호식 할 것이라고 생각했다.

하지만 아바타로 새로운 세계에 접속을 하면서 그곳에서 거의 대부분의 시간을 보내고 있자 통장에 있는 돈은 고스란히 남아 있게 되었다.

가끔 술을 마시고 여자와 잠을 자는 일 외에는 쓸 일이 별로 없었다.

"흐음, 그쪽 세상이 그나마 재미있어야 할 터인데."

오열은 일어나 냉장고에서 맥주를 꺼내 마셨다.

돈이 많지만 아직까지 촌스런 생활을 유지하고 있었다.

고기도 먹어본 본 놈이 잘 먹는다고 평소에는 돈이 너무 없었기에 제대로 돈을 써본 적이 없다.

그래서 돈이 생기도 쓰는 것이 낯설었다.

명품관에 있는 것들은 이제 그에게 푼돈에 불과한 것들이다.

하지만 스치듯 백화점 명품관을 지나가도 왠지 불편하고 어색했다.

원래 없이 산 날들의 무게를 털어버리는 것이 그렇게 쉬운 것이 아니다.

'인생을 더 나은 쪽으로 설계할 필요가 있어. 그것이 무엇이냐?'

오열은 소파에 깊숙이 앉으며 속으로 중얼거렸다.

아바타를 접속하면서 파티 사냥을 하던 때보다 더 생활이 무미건조해졌다.

'그때는 정미영을 보는 재미라도 있었는데.'

오만하고 도도한 정미영 힐러를 생각하자 괜히 아랫배에 힘이 들어갔다.

오열은 러닝머신에 올라 지칠 때까지 뛰고 또 뛰었다.

너무 오랫동안 뛰다 보니 신경 근육이 흥분을 해서 피곤한데도 잠이 오지 않았다.

결국 새벽녘까지 뒤척이다가 늦게야 잠이 들었다.

*   *   *

이영은 화려한 샹들리에가 환하게 빛을 내는 거실에서 커피를 마셨다.

그녀는 요즘 아바타 접속하는 시간이 줄어들었다.

그녀가 해야 하는 공식 업무가 적지 않았기 때문이다.

'그는 왜 연락을 하지 않을까?'

엉터리 불량감자가 연락을 해오지 않는 것에 자존심이 상했다.

들리는 말에 의하면 아바타를 새로 만들었다는 보고를 받았었다.

마음에 드는 성격은 아니었지만 그 사람하고 같이 있었을 때가 재미는 있었다.

이성으로서의 관심보다는 어떻게 인간이 저런 독특한 성격을 가질 수 있을까 하는 궁금함이 더 컸다.

"공주마마, 2시간 후에 소년소녀가장들과 만남이 약속되어 있습니다."

"아, 그날이 오늘인가요?"

"그렇사옵니다. 이제 출발 준비를 하셔야 하옵니다."

"알았어요."

이영은 시중을 드는 비서의 말을 듣고 자리에서 일어났다.

옷을 갈아입고 가볍게 화장을 한다.

거울 속에 눈처럼 빛나는 여자가 차갑게 앉아 있었다. 그녀는 이런 차갑게 보이는 얼굴 때문에 늘 웃곤 했다.

소년소녀가장을 돕는 일은 왕실의 비영리재단인 사임당재

단에서 하는 일이었고 그녀는 이 재단의 책임자였다.

왕실학술원은 한국 최고의 교수들과 지식인들이 가입되어 있는 학회다.

왕실학술원은 자체적으로 대학을 가지고 있기도 하지만 보다 광범위한 회원을 보유하고 있다.

오늘은 몬스터 동향에 대한 토론이 지금 한창이었다.

몬스터 학자 중에 거장들은 모두 모였다.

몬스터 생태학의 거두 윤옥길, 이두삼, 차인태, 그리고 생체이론가 옥두열, 이진태.

이들 모두 왕실학술원의 명예교수이며 국립대학의 정교수 신분이다.

"몬스터의 동향을 연구해 보면 이상한 것이 많습니다. 몬스터의 존재 자체가 가장 이상한 것이긴 하지만 그것은 현실적으로 존재하는 것이니 열외로 치고 무엇을 먹고 어떻게 사는지 밝혀진 바가 없습니다."

"아바타가 간 뉴비드 행성의 몬스터들은 하위 몬스터나 초식동물을 사냥해서 산다고 하더군요."

"제가 생각하기로는 몬스터를 잡으면 나오는 카오스에너지가 답인 것 같습니다. 몬스터들 체내에 그 에너지가 있으니 먹지 않고도 살 수 있는 것입니다. 비유가 옳은 것은 아니지만 아바타도 먹지 않고도 살 수 있는 것처럼 말입니다."

"맞습니다. 카오스에너지가 문제입니다. 이는 태초의 우주 생성 시에 있었던 에너지고 이 에너지는 너무나 강력합니다. 그렇지 않았다면 아무리 과학기술이 발달했다고 하더라도 에너지 추출을 할 수 없었을 것입니다."

"문제는 몬스터들이 존재하는 방식입니다. 왜 몬스터들이 휴기기에 들어가고 강해지는지 그 이유를 밝혀내지 못하면 인류는 위험해질 것입니다."

"그렇습니다. 이 교수님의 말처럼 문제는 미래에 나올 몬스터의 동향입니다. 이전과 같은 형태로 나타나면 상관이 없지만 지금보다 훨씬 강해져 나온다면 지금의 메탈사이퍼들로는 막을 수 있을지가 의문이 됩니다."

"지금까지 몬스터는 자신들의 영역을 지켰습니다. 그러기에 쉽게 사냥이 가능했습니다. 하지만 이것들이 일제히 자신들의 구역을 벗어나게 된다면 그것은 재앙이 됩니다. 도시는 파괴되고 사람들은 죽어갈 것입니다. 그것들은 메탈사이퍼들만이 막을 수 있는데 그들이라고 하더라도 언제나 출동이 가능한 것도 아니고……."

"문제는 더 강해져 나왔을 때입니다. 그리고 얼마나 강해져 나오는가도 관건입니다."

"허, 무엇 하나 확실하게 말을 할 수 없으니."

문제는 몬스터를 사육하거나 연구하기가 굉장히 어렵다는 것이다.

국가기밀 연구소에서 몬스터를 잡아서 연구를 해보지만 특별한 결과를 못 얻고 있었다.

회의실에 모인 교수들은 모두 나지막하게 한숨을 내쉬었다.

그들이 내쉬는 한숨만큼 무거운 미래가 예상되고 있었다.

사라진 몬스터에 오히려 학자들은 불안해했다.

*　　　　*　　　　*

오열은 우선적으로 오스만 왕국의 언어를 배우는 것을 최우선시 했다.

뭘 하든 일단 말이 통해야 한다. 그래서 날마다 제프에게 말을 배웠다.

아바타에게 주어진 첨단 장비 가운데 소형 컴퓨터가 있다.

지구에서 쓰는 것만큼 좋지는 않지만 계산기, 언어통역, 메모, 카메라 등의 기능이 있다.

단순한 형태지만 거의 영구적으로 쓸 수 있는 배터리가 장착되어 있다.

거기에 오열은 배운 단어와 문장을 한글로 적어놓기 시작했다.

어느 정도 말이 통하면 글도 배울 생각이었다.

사실 말은 언어 감각만 있으면 나이가 들었어도 배우는 것은 어렵지 않다.

오열은 언어 감각보다는 눈치가 좋은 편이라 언어를 배울 때에 처음에만 힘들었지 암기한 단어의 수가 많아지면서 탄력을 받기 시작했다.

확실히 벌판에서 하루 종일 걷을 때보다 언어를 배우는 속도가 엄청나게 빨라졌다.

그때는 환경도 좋지 않았고 의욕도 강하지 않았다.

하지만 인간들이 사는 세상에 들어오니 오열은 어쩔 수 없이 말을 배워야 했다. 그러니 열심히 배우는 수밖에 없었다.

일행은 폐쟌 마을에서 이틀을 머물고 떠났다.

마차를 구해서 출발했기에 오열은 편하게 의자에 앉아 갔다.

마차가 그다지 좋은 것이 아니라서 승차감은 좋지 않았지만 걷는 것보다는 나았다.

승차감이 엉망이다 보니 오히려 잠은 잘 왔다.

눈을 감으면 하품하는 것만큼이나 쉽게 잠이 빠져들곤 했다.

마차는 용병들이 번갈아가며 몰았고 이제 서두를 일이 없

으니 중간 마을에 도착하면 충분히 머무르면서 피로를 풀었
다.

처음에 용병들은 빨리 용병 사무실에 의뢰 실패를 보고한
후에 가지고 온 무기와 갑옷들을 팔고 싶었지만 오열이 동의
하지 않았다.

그는 이 낯선 세계에 아주 천천히 적응하고 싶었기 때문이
다.

그는 늦더라도 완벽하게 적응할 생각이었다.

오열이 서두르지 않자 용병들도 천천히 가기 시작했다.

용병들도 다른 방법이 없었다.

소드마스터가 천천히 가자는데 거기에 반항을 하면 돌아
오는 것은 매타작밖에 없을 터이니 쉽게 마음을 비웠다.

"오열님, 이제 3일만 더 가면 페테에 도착합니다. 거기서
하루를 더 가면 영주가 머무는 함부르크가 나옵니다."

"아, 그래?"

오열은 제프의 말에 시큰둥하게 대답했다.

별 관심이 없었다.

하지만 오열은 가끔 제프나 조이가 말해주는 이 세계의 문
화와 풍습에는 흥미를 나타내곤 하였다.

어차피 오열의 입장에서는 페테에 가든, 어디를 가든 연고
지가 없는 거기가 거기였다.

오열이 이 세계의 여행을 시작한 것이 잘했다고 생각한 것은 이곳에 마법과 연금술이 있다는 말을 듣고부터였다.

오크에게 죽은 2서클의 마법사가 불과 얼음의 화살로 공격한 것이 생각났다.

그가 마법사였다.

위력은 별로였지만 신기하기는 했었다.

"마법을 배우는 것은 어렵나?"

"그럼요. 매우 배우기 힘듭니다. 2서클의 마법사만 되어도 이런 작은 영지에서는 귀족으로 행세하면 살 수 있습니다. 그러나 영지의 수석마법사는 최소 3사이클은 되어야 합니다."

"왜 배우기 힘들어? 나는 뭐든지 배우는 게 빨라."

"하하, 말을 배우시는 속도를 보고 저도 그럴 것이라고 생각하였습니다. 하지만 마법은 마나에 민감한 사람이 아니면 배우기 힘듭니다."

"마나?"

"이 세계에 존재하는 힘의 기원 같은 것입니다. 그 이상은 저도 잘 모릅니다."

"그러면 연금술은 배우기 쉽나?"

"그것은 오열님이 천재라면 그렇게 어렵지 않겠지요."

"그래? 흐음."

오열은 천재라는 말에 조금 뒤가 캥겼다.

머리가 좋은 편이기는 했지만 그렇다고 수재나 천재는 아니었다.

'뭐 나는 휴대용 컴퓨터가 있으니까 조금 나을지도 모르겠군.'

오열은 스피드 건을 살펴보았다.

활촉을 분리해서 화약이나 독약 등을 넣을 수 있게 만든 화살이 보였다.

그는 이것이 마음에 들었다.

연금술사가 나아갈 방향이 이 스피드 건에 담겨 있다고 보았다.

연금술사는 연금술을 이용하여 싸워야 한다. 그동안은 이것을 잊고 살았다.

그래서 능력을 키우려고 온갖 짓을 하지 않았는가.

그것이 아주 필요가 없는 것은 아니었지만 방향이 잘못되었었다.

다행스럽게도 이곳 함뮤트 대륙에는 연금술사가 있다고 하니 배우고 싶은 마음도 들었다. 연금술사는 연금술로 싸워야 한다.

지구에서 연금술사가 너무 희귀하였고 연구가 된 실적이 거의 없었다.

그런데 이곳은 다를 것 같았다.

'좋아. 마법은 몰라도 연금술은 꼭 배우자. 나는 연금술사니까.'

어떤 면에서 연금술사는 마법사보다 더 위대한 일을 할 수 있다.

강력한 화약만 제대로 만들 수 있다면 몬스터를 손도 안 대고 화살 한 방으로 죽일 수도 있을 것이다.

오열은 미소를 지었다.

덜그덕거리는 마차의 소리만이 도로를 따라 잔잔히 흘러갔다.

마침내 페테에 도착했다.

이전의 도시들보다 확실히 상공업이 발달했는지 사람이 많았다.

거리마다 많은 사람이 다녔고 물건을 파는 가게와 음식점, 그리고 여관이 많았다.

"어떻습니까?"

"흐음, 그나마 여기는 좀 낫네."

오열은 피식 웃었다.

서울의 어느 거리를 가도 이보다 발달해 있다.

오늘날 빈민들은 정부로부터 의류와 집을 제공받기에 먹고 사는 데는 지장이 없었다.

다만 상대적인 박탈감이 가장 큰 적이었다. 물론 모두 만족스러운 것은 아니었다.

특히 정부에서 나눠주는 튜브 음식은 맛이 하나도 없었다.

사실 그것이 사리에 맞았다.

음식까지 맛이 있다면 사람들은 전혀 노력도 하지 않고 편하게 살아가려고 할 것이기 때문이다.

일행은 일단 여관에 짐을 풀고 잠시 쉬고는 용병 사무소에 가서 의뢰가 실패되었음을 보고했다.

용병 사무소에서는 큰 소동이 일어났다.

무려 50명이 넘는 용병이 투입이 되었는데 3명을 제외하고는 모두 몬스터에게 죽임을 당했다고 하니 어이가 없었다.

용병들이 50명이나 한꺼번에 죽은 사건은 곧바로 카르디어스 남작의 귀에까지 들어갔다.

곧바로 남작은 용병들을 불렀다.

제프와 조이, 그리고 알렉스는 카르디어스 남작을 만나러 함부르크에 가야 한다.

물론 용병들은 직접 영주에게 보고할 의무는 없었다.

애초에 용병 사무소를 통해 의뢰를 받았기에 용병 사무소에 보고를 하면 끝이었다.

하지만 영지의 기사 3명과 2서클 마법사 1명, 그리고 50명의 영지병이 죽은 사건이기에 직접 부른 것이다.

어쩔 수 없이 오열도 용병들을 따라 함부르크에 가서 여관에 체류하였다.

아침을 먹고 영주관에 간 용병들은 저녁이 거의 다 되어서야 돌아왔다.

용병들이 돌아올 때까지 오열은 여관에서 시간을 때웠다.

저녁에 파김치가 되어 돌아온 용병들은 맥주를 마시고 잠자리에 들었다.

그리고 이른 아침에 다시 페테로 출발하였다.

일단 영주와 용병 사무소에까지 보고가 마친 상황이라 습득물들을 처분할 수 있게 되었다.

제프가 뭔가 말을 할 것 같은 표정으로 여러 번 망설이며 그의 눈치를 살피고 있었다.

"뭔데?"

"저기 다른 지역으로 가실 생각은 없으신지요?"

"왜?"

"저희가 오열님이 주신 장비와 무기들을 처분하려고 하는데 아무래도 메텔레스 영지에서는 마음에 걸립니다. 기사들의 물건 중에서 가문으로 내려오던 반지와 목걸이 같은 것은 원주인에게 돌려줬지만 기사들의 장비는 돌려주지 않았습니다. 그런 경우 대부분은 용병이 처분하곤 하였습니다."

"그래? 그러면 어디로 가려는데?"

"이웃 영지인 마호마 백작령으로 갔으면 합니다. 그곳이

이 근방에서 가장 큰 도시이며 오열님이 찾으시는 연금술사나 마법사들도 쉽게 만날 수 있을 것입니다."

"그러면 내일 출발하지 뭐."

"정말 허락해 주시는 것입니까?"

"그게 뭐 어려워서 그냥 가면 되지."

"감사합니다."

옆에서 가만히 듣고 있던 조이와 알렉스도 좋아했다.

오열은 큰 도시로 갈수록 여자들의 외모가 차이가 나는 것을 보며 흐뭇한 마음으로 허락했다.

이곳의 여자들은 굉장히 아름다웠다.

위생 상태는 그다지 좋은 편은 아니었지만 대체적으로 체형이 호리호리하고 얼굴도 예쁜 편이었다.

금발에 짙은 눈썹, 호리호리한 체형에 육감적인 몸매였기에 보는 눈이 즐거웠던 것이다.

'흐흐흐, 음식을 먹을 수 있으니 키스까지는 최소한 되겠군.'

오열은 소위 말하는 백마를 탈 수 있을지도 모른다는 기대감을 가졌다.

아바타가 성행위가 가능할지는 아직 확인해 보진 않았지만 인간에 가장 유사하게 만들어진 아바타라 어쩌면 가능할지도 몰랐다.

안 되면 어쩔 수 없는 것이고.

일주일 후에 마호마 백작령에 도착하였다. 그리고 용병들은 그토록 원하던 장비들을 팔 수 있었다.

기사들의 판금갑옷과 검이 비싸게 팔렸다. 다른 장비들도 제값을 받고 팔았다.

졸지에 부자가 된 용병들은 입이 찢어져라 좋아했다.

그 모습을 보고 오열은 배가 아팠다. 하지만 다시 달라고 하기에는 쪽팔렸다.

제프가 판 금액의 일부를 내놓았다. 그러자 조이와 알렉스도 슬며시 돈을 내밀었다.

돈이 탐이 났지만 받으면 모양이 너무 빠지기에 거절했다.

용병들로서는 오열이 때문에 목숨도 구하고 큰돈도 벌었으니 그냥 있기 뭐해서 일정량을 내놓은 것이다.

"정말 저희의 마음입니다. 목숨을 살려주시고 또 그 장비들을 주신 것도 오열님이십니다."

"맞습니다."

"그렇고말고요."

일단 용병들은 매를 맞고 싶지 않아 눈치껏 바친 것이다.

하지만 오열은 단호하게 거절했다.

말로는 단호하게 거절했는데 눈에는 아쉬움이 나타났다.

용병들이야 오열의 거절이 진심이든 아니든 매만 맞지 않으면 되니 재빨리 돈을 주머니에 넣었다.

'아, 아깝네. 괜히 거절했어. 이놈의 똥폼, 돈이 최고인데.'

뒤늦은 후회가 찾아왔지만 이미 버스는 떠난 뒤였다.

오열은 너무 마음이 아파 술을 먹고 뻗어버렸다.

그래서 접속 종료도 하지 못했다.

사실 아바타는 술 취하지는 않는다. 그런데 술 취한 게 이상한 일이었다.

새벽에 일어난 오열은 접속을 종료하고 운동을 했다.

컴퓨터를 키고 연금술에 대하여 조사를 했다. 연금술에는 중국 연금술과 서양의 연금술로 나누어진다.

중국 연금술은 도교사상으로 이어져 단(丹) 즉, 신선사상과 연결된다.

이에 반해 서양의 연금술은 비금속을 귀금속으로 만드는 것이 주류였다.

당연히 가장 비싼 금을 만드는 연금술이 유행하였는데 다분히 주술적인 성격이 강했다.

이와 함께 현자의 돌이라는 엘릭시르를 만드는 것도 있었다.

이는 정신과 물질 모두 연관되어 있다.

영원한 삶을 살고 싶은 소망과 부를 갈망하는 마음의 결합.

오늘날의 연금술은 몬스터의 몸에서 추출한 부산물로 보다 강력한 카오스에너지를 유형화하여 인간의 능력을 향상시키는 것이다.

이런 면에서는 엘릭시르와 비슷했다.

연금술은 인간의 여망을 담은 비법, 비전이다.

현자의 돌을 만드는 것이 불가능했듯, 그리고 신선이 되는 단(丹)을 만드는 것이 실현되지 않았지만 영원한 것에 대한, 그리고 인간의 욕망이 결합된 것이 연금술이다.

알렉산드리아의 연금술은 화학의 발전을 가져왔다.

인간의 욕망은 진보와 결부되어 있기에 나쁜 것은 아니다.

하늘을 날고 싶은 욕망, 달에 가고 싶은 욕망, 바다 속을 헤엄치고 싶은 욕망들이 인류의 진보를 이루어 냈다.

그리고 그 욕망이 지구로부터 43광년 떨어진 R0178567행성, 즉 뉴비드 행성까지 오게 만들었다.

오열은 연금술을 배워 더 강력한 몬스터를 쉽게 잡을 생각을 했다.

더 안전하고 더 쉽게 잡기 위해서는 연금술을 더 정밀하게 배울 필요가 있었다.

왜냐면 그는 연금술사니까 말이다.

'어쩌면 그곳에서 뭔가를 발견할 수 있을 거야. 호구들의

도움을 받아 실마리를 찾아보자.'

그곳은 알 수 없는 세계였다.

단지 이방인에 불과한 그에게 원하는 것이 활짝 다가올 것이라고는 믿지 않았다.

원하는 것을 얻기 위해서는 돌아가는 법도 배워야 한다.

에너지스톤을 채굴하기 위해 땅속의 몬스터를 발견하면 먼 길을 돌아갔듯이.

그러나 결국에는 원하는 것을 얻게 될 것이다.

이미 원하는 것을 얻지 않았는가?

7개월 동안 오로지 땅만 팠다.

무엇이든 그렇게 하면 된다.

원하는 것을 얻을 때까지.

오열은 희미하게 웃으며 TV를 켰다.

8장

연금술사

오열은 연금술사 중에서 가장 유명한 브로도스를 만났다.

그는 고명한 학자이자 연금술사이며 마법사였다.

원래 타미르 제국에서 태어났으나 어릴 때 오스만 왕국으로 왔다.

그리고 줄곧 오스만 왕국을 떠나지 않고 연구를 하고 있었다.

그는 자신을 찾아온 낯선 사람들을 만나고 있었다.

"그래, 나에게 연금술을 배우고 싶다고?"

"네, 그렇습니다."

오열은 정중하게 허리를 굽히며 말했다.

그러나 브로도스는 그런 그를 마음에 들지 않았다.

갑옷에 검을 차고 연금술을 익히겠다고 하니 기가 막혔다.

연금술이 어떤 학문이던가?

모든 학문의 꽃이라 할 수 있는 궁극의 학문이 아니던가.

"그따위 자세로?"

"네……?"

"아니네. 그만 가보게."

"아니, 저 이야기를 좀 들어보시고."

"어허, 그만 꺼지라고."

"아니, 말씀 좀 들어보시고……."

오열은 기분이 좋지 않았지만 참았다.

이곳에 오기 전에 두 명의 연금술사를 만나봤지만 별로 실력이 없었다.

학자 같지도 않고 해서 참았다. 그런데 브로도스가 한마디 말로 불을 질렀다.

"에잉, 별 꼴 같지 않은 것들이 연금술을 배우겠다니. 이는 연금술에 대한 모독이야. 저리 꺼져."

이 한마디 말에 오열의 눈빛이 대번에 변했다.

연금술사가 눈앞의 사람 하나만 있는 것도 아니고 모욕을 받으면 반드시 돌려줘야 하는 그의 성격상 참을 수 없었다.

오열의 달라진 표정을 보고 브로도스가 비웃듯 한마디 했다.

"그래, 어디 한 대 치겠네."

"못 칠 것도 없지."

갑자기 오열이 일어나 브로도스의 멱살을 부여잡았다.

아까부터 마음에 들지 않았다.

영감탱이가 조금 재주가 있다고 노골적으로 무시를 하였다.

그래도 아쉬운 사람은 자신이니 참았다.

그런데 끝까지 막말을 하자 갑자기 눈에 보이는 것이 없어졌다.

그는 아바타다.

굳이 예의와 체면에 목을 맬 이유가 없다.

"이 세계에 연금술사가 너 하나만 있는 것 아니겠지?"

"헉. 이 무슨 짓인가. 놓지 않으면 가만있지 않겠다."

"해봐, 이 자식아."

오열은 상대가 마법사이자 연금술사라는 것을 알고 있기에 즉시 목을 움켜쥐었다.

마법사는 주문을 외워야 한다. 그냥 마법이 발현되는 것이 아니다.

"컥!"

브로도스가 숨이 넘어갈 것같이 컥컥거렸다. 시간이 지나면서 얼굴이 파랗게 질리기 시작했다.

"살려……."

오열은 움켜쥔 목을 놓지 않고 브로도스를 노려보았다.

그것은 광포한 눈이었고 조금도 흔들리지 않는 눈이었다.

오열에게 있어 눈앞의 연금술사는 몬스터보다 조금 나은 정도밖에 안 되는 하찮은 놈이었다.

그런데 모욕을 받았다.

"그냥 죽어라."

오열이 움켜쥔 손에 힘을 주려고 하자 제프가 소리쳤다.

"오열님, 다음 연금술사는 한 달은 가야 하는 거리에 있습니다."

"끙."

오열은 제프의 말을 듣자 손에 힘을 조금 풀었다.

그러자 숨을 쉬게 된 브로도스가 제정신을 차리기 시작했다.

"당신에게 연금술을 가르쳐 주겠소."

"정말이냐?"

"그렇소."

오열은 브로도스의 말을 듣고도 목을 놓지 않았다.

다급한 상황에서 하는 말을 믿을 수가 없다.

또 가르쳐 준다고 하고는 알맹이를 빼놓고 가르쳐 줄 수도 있다.

그냥 죽이는 게 나을 거 같았다.

죽일까 말까 고민하는 모습이었다.

브로도스는 어이가 없었다.

이 무슨 날벼락이란 말인가.

깡패 같은 놈이기에 평상시처럼 말을 했는데 갑자기 미친 놈처럼 날뛰었다.

원래 브로도스는 괴팍한 연금술사다.

말도 함부로 하고.

"아니, 자존심이 상해서 그냥 죽여야겠다. 한 달을 허비하더라도 말이다. 감히 내게 모욕을 줘."

브로도스는 오열의 말을 듣고 기겁을 했다.

말 한마디 잘못했다고 죽이려고 하다니. 미친놈이었다.

"제발 살려주게. 내가 잘못했네. 빌라면 빌겠네."

"아니, 빌 필요는 없다. 사과를 했으니 받아들이겠다."

오열은 브로도스를 풀어주었다.

그제야 숨을 제대로 쉬게 된 브로도스가 호흡을 골랐다.

마음이 진정이 되자 화가 났다.

마법으로 죽일까 생각을 해보았지만 뒷감당이 안 되었다.

만약 실패라도 한다면 자신은 바로 죽을 것이다.

그는 오열의 눈에서 살기를 읽었다.

사람을 죽여 본 자의 눈이었다.

그리고 언제든지 망설이지 않고 자신을 죽일 수 있는 눈이었다.

'어디서 이런 미친놈이 와서. 정말 답답하구나.'

오열이 소파에 앉자 제프가 재빨리 쏟아진 잔을 치우고 새로 차를 따랐다.

"이봐, 연금술사 양반. 언제든지 자신 있으면 공격해도 돼. 그때는 바로 목을 잘라줄 터이니."

"커험. 험험."

브로도스는 오열의 눈을 외면했다.

오열이 나가자 제프가 브로도스에게 낮은 소리로 말했다.

"저 브로도스님. 어지간하면 들어주십시오. 저분은 당신이 상대할 수 없는 사람입니다. 그냥 목이라도 따면 다행인데 저 인간은 그렇게 쉽게 죽이지 않을 겁니다. 아마도요."

"그게 무슨⋯⋯?"

"저도 저 배짱이 어디서 나오는지 모르겠습니다. 이곳으로 오는 동안 칠레 언덕을 넘어올 때 산적이 나타났었는데 그냥 아무 말도 안 하고 싹 다 죽였습니다. 운 좋은 겁니다. 아마 브로도스님이 실패하시면 죽도록 맞고 또 맞은 다음에 죽으실 것입니다."

말을 하며 제프가 몸을 부르르 떨었다.

눈빛으로 브로도스가 안타깝다는 표정을 지으며.

그 모습을 보자 갑자기 브로도스는 모골이 송연해졌다.

어제 꿈자리가 사납더니 오늘 이런 일이 일어나려고 했나
보다.

다음 날 다시 찾아온 오열은 무표정한 얼굴로 연금술을 배
우기 시작했다.

첫 단추가 잘못 끼어져서인지 둘 사이는 여전히 삐걱거렸
지만 신기할 정도로 아무런 일도 발생하지 않았다.

"연금술은 마법과 다른 것이네. 마법은 마나를 이용하는
것이지만 연금술은 사물의 궁극을 다루는 학문이네. 연금술
이 궁극에 달하면 인간의 수명을 연장시킬 수도 있고 무에서
유를 창조할 수도 있네. 눈에 보이지 않는 궁극의 물질들을
연금술사는 알 수 있지, 그래서 비록 눈에 보이지 않아도 존
재하는 것을 연구하는 학문이 진정한 연금술이지. 연금술은
크게 나눠 원소학과 야금술로 나눌 수 있네. 원소학은 각 물
질의 근원을 살펴 혼합, 정화, 증폭 등의 방법으로 물질을 변
형시키는 것이네. 이와 달리 야금술은 철과 귀금속을 다루는
학문이야."

오열은 브로도스의 말을 듣고 금방 이해했다.

그동안 인터넷으로 공부를 한해서 이미 알고 있는 사실도

있었다.

원소학은 말 그대로 사물에 내제된 원소를 연구하는 학문이다.

예를 들면 사람의 유골을 태워 다이아몬드를 만드는 것이 원소학이라고 할 수 있다.

미국의 라이프젬사는 초고온에서 유골을 구으면 흑연이 되고 다시 고온에서 가열하면 다이아몬드로 바뀌는 기술을 개발했다.

'흠, 과학과 상반된 것은 아니고 좀 독특한 사고를 가진 변태들의 학문이라고 할 수 있겠군. 흔히 상상할 수 없는 것을 만드는 것이군. 천재적인 상상력에 변태적인 취향이 합쳐지면 완벽한 연금술사가 되는 것이었군.'

오열은 생각을 해보니 자신에게 딱 맞는 직업이었다.

그래서 레벨 9의 사이킥 재능자인 자신이 연금술사로 각성하였던 것이다.

"연금술의 재료로는 몬스터의 부산물, 각종 광물 등 매우 다양하네."

"오, 제가 바라던 분야군요."

오열의 말에 브로도스는 어이가 없는지 헛기침을 했다.

"둘 다 힘든 연구 방법이지. 몬스터의 부산물을 구하는 것도 힘들고, 마나석, 에너지스톤, 마정석, 미스넬 등등 모두 구하기가 쉽지 않지."

"그게 뭐가 힘듭니까? 널리고 널린 게 몬스터와 광물인데 요."

"……."

믿지 못하는 표정의 그를 보고 오열이 가방에서 에너지스 톤을 꺼내보였다.

"헙!"

브로도스는 탁자에 가득 널린 에너지스톤을 보니 입이 다 물어지지 않았다.

에너지스톤은 연금술에 있어서 가장 중요한 증폭을 해주 는 광물이었다.

일반적으로 에너지스톤은 어떤 상태를 유지하는데 쓰이기 도 하지만 불안정한 물질과 결합하면 엄청난 폭발력을 가지 게 된다.

"이게 다 뭔가?"

"에너지스톤이죠. 제가 캤습니다."

"정, 정말인가?"

"그럼요. 지긋지긋했죠."

"대단하군. 대단해. 에너지스톤은 잘 발견되지가 않아. 아 주 깊은 산속에나 있거든. 물론 마나석도 그렇지만 마나석은 은광에서 아주 소량이 발견되기도 하지."

"일단 이런 재료는 구하기가 쉽다고 보면 됩니다."

"오오, 그러면 많은 실험을 할 수 있을 것이야."

"그렇군요."

오열이 시큰둥하게 말을 하자 브로도스가 절박한 표정을 지었다.

서로 못 잡아먹어서 으르렁거렸던 앙금은 벌써 잊은 듯했다.

'이 영감이 왜 이래?'

오열은 마법사나 연금술사의 집착에 대해 몰랐던 것이다.

둘 다 호기심을 억누를 수 없는 그런 사람들이었다.

그런데 브로도스는 연금술사이면서 마법사이니 다른 학자들보다 더 궁금한 것이 많았다.

"하하, 우리 앞으로 잘 지내보세."

"뭐, 저야."

브로도스는 어제 당한 것을 잊어먹고 친절한 표정으로 가르치기 시작했다.

필생의 염원인 생명의 기원을 밝힐 수 있을지 몰랐기에 다른 것이 눈에 보이지 않았다. 그런 모습을 보며 오열은 혀를 끌끌 찼다.

'이 영감탱이도 어지간히 변태군.'

특이한 성적 취향이 아니라 특이한 성격을 가진 변태였다.

오열은 차분하게 브로도스에게 연금술을 배우기 시작했다.

연금술은 생각할수록 신기한 학문이었다.

천재이거나 변태이거나 둘 중 하나라야 할 수 있는 학문이 연금술이었던 것이다.

*　　　　*　　　　*

이영은 그 시간 경호원들과 함께 테르반 산맥에서 몬스터를 잡고 있었다.

세 명의 경호원이 하는 일이란 몰이꾼 역할이었다.

몬스터를 유인하고 소리를 질러 한쪽 방향으로 유도를 하면 이영이 마무리를 하였다.

테르반 산맥은 오스만 왕국과 타잔 왕국 사이에 있는 산으로 해발 5천 미터의 봉우리가 수백 개로 구성된 거대한 산맥이다.

이영은 그중에서 마을과 가까운 곳에서 몬스터를 사냥을 하였다.

더 깊숙이 들어가 작업을 하고 싶었지만 마을과 너무 떨어지면 보급에 문제가 있기 때문에 곤란했다.

"공주님, 오늘은 이만해도 되지 않을까요?"

"그럴까요."

"그러는 것이 좋겠습니다. 이미 잡아둔 것도 많고 이제 겨울이 다가오니 슬슬 여기서 철수를 해야겠습니다."

"그러네요."

이영은 겨울이 다가오면 접속 시간을 줄일 생각이었다.

한 나라의 공주 신분으로 지나치게 아바타 사냥만 할 수 없기도 했다.

"그러면 일단 저것들을 옮기도록 해요."

"알겠습니다. 공주님!"

경호원이 몬스터를 한쪽으로 모으기 시작했다.

거기에는 오우거는 물론 샤벨타이거, 트롤도 있었다.

이들 중에 도축자나 연금술사가 없어 몬스터를 도축하지 못했다.

그래서 몬스터 사체를 그대로 가지고 가 팔았던 것이다.

몬스터의 사체는 굉장히 비쌌다.

특히 이영이 잡는 이런 대형 몬스터는 부르는 게 값이었다.

이영은 몬스터의 사체를 팔아 필요한 광석을 살 생각이었다.

아직까지는 지구로 보낼 수는 없지만 조만간 가능해질 것이다.

지금도 과학자들이 연구를 계속하고 있다.

만약 문제가 해결되지 않으면 뉴비드 행성이 지구의 문명에 아무런 의미가 없게 된다.

하지만 지구에서 보내는 것이 가능하였으니 곧 그 반대도 가능하게 될 것이다.

문제는 결국 메탈 드워프가 우주 함선에는 상대적으로 너무 부족하였다.

그 시간 지구에서는 세계적인 학자들이 각국에 경고를 하기 시작했다.

곧 몬스터가 나타나게 될 것이라고.

이유는 던전이 사라지고 있었기 때문이다.

몬스터가 나타날 때는 두 번 다 던전이 자연적으로 붕괴되고 이후에 몬스터가 나타났다.

너무나 빠른 몬스터의 출몰 조짐에 세계 각국이 긴장을 하기 시작했다.

학자들의 말에 의하면 이번에는 이전과 다를 것이라고 했다.

이는 몬스터를 담당하는 국가안전위원회를 긴장시키게 만들었다. 인류의 생명과 안전이 위협받고 있는 것이다.

세상은 평화를 원하지만 피를 원하는 시대가 도래하고 있었다.

몬스터 학자들은 이번에는 몬스터들이 어떻게 진화를 해서 나타나게 될지 두려움과 호기심으로 바쁜 나날들을 보내기 시작했다.

『영웅2300』 2권에 계속…

김현우 퓨전 판타지 소설

레드 크로니클
Red Chronicle

『드림워커』, 『컴플리트 메이지』의 작가
김현우가 색다르게 선보이는 자신작!

『레드 크로니클』

백 년의 세월 검을 들고 검의 오의에
다가선 남자 티엘 로운.

모든 것을 베는 그가 마지막으로
검을 휘둘렀을 때
그를 찾아온 것은 갈라진 시공간,
그리고… 자신의 젊은 시절이었다!

"하암, 귀찮군."

검의 오의를 안 남자가 대륙을 바꾼다!
티엘 로운의 대륙 질풍기!

Book Publishing CHUNGEORAM

**수십 년 전, 용병왕의 등장으로 생겨난
왕국과 용병의 세계.
평소엔 한없이 가볍지만 화나면 누구보다 무서운,
놀고먹고 싶은 그가 돌아왔다!**

하지만 바람과는 달리 과거 그의 앙숙과 대륙의 판도는
도저히 그를 놓아주질 않는데……

"용병은 그냥, 돈 받고 칼을 빌려주는 놈들이니까."

그의 용병 철학은 단순했다.

"물론, 누구에게 빌려주느냐가 문제겠지?"

BOOK Publishing CHUNGEORAM

유행이 아닌 자유추구 -
WWW.chungeoram.com